D1831004

मृत्युंजय

(शिवाजी सावंत के उपन्यास पर आधारित नाट्यान्तर)

मृत्युंजय

(शिवाजी सावंत के उपन्यास 'मृत्युंजय' पर आधारित नाट्यरूप)

हिन्दी नाट्यान्तर

राजेश जोशी

परिकल्पना-निर्देशन

जयन्त देशमुख

वाणी प्रकाशन

वाणी प्रकाशन

4695, 21-ए, दरियागंज, नयी दिल्ली 110 002

फ़ोन : +91 11 23273167 फ़ैक्स : +91 11 23275710

शाखाएँ

अशोक राजपथ, पटना 800 004, बिहार

कॉफ़ी हाउस कैम्पस, महात्मा गांधी मार्ग, इलाहाबाद 211 001, उत्तर प्रदेश

महात्मा गांधी अन्तरराष्ट्रीय हिन्दी विश्वविद्यालय, वर्धा 442 001, महाराष्ट्र

सुल्तानिया रोड, मोतिया पार्क, भोपाल 462 001, मध्य प्रदेश

www.vaniprakashan.com
marketing@vaniprakashan.in
sales@vaniprakashan.in

Mrityunjaya
by Shivaji Sawant

ISBN : 978-81-7055-460-8
Play

© लेखकाधीन

संस्करण 1996, 2015
तृतीय संस्करण 2022

मूल्य : ₹ 150

इस पुस्तक के किसी भी अंश को किसी भी माध्यम में प्रयोग करने के लिए प्रकाशक से लिखित अनुमति लेना अनिवार्य है।

आर. टेक ऑफ़सेट प्रिंटर्स, दिल्ली-110 032 में मुद्रित

वाणी प्रकाशन का लोगो मक़बूल फ़िदा हुसेन की कूची से

दृश्य एक

[श्लोक]

[अंधकार में]

[धीरे-धीरे प्रकाश रंगपट्टी पर। रंगपट्टी के पार्श्व में मोरपंख दृष्टिगत होता है]

स्वर में : ब्रह्मण्यः सत्यवादी व तपस्वी नियतव्रतः
रिपुष्वाणि दयावांश्च तस्मात् कर्णो वृषः स्तृतः
बहुनात्र किमुक्तेन संक्षेपात् शृणु पांडव
त्वत्समं त्वद्विशिष्ट वा कर्ण मन्ये महारथम्

[रंगपट्टी से कृष्ण गतियों में बाहर आकर]

[रंगपट्टी के साथ प्रवेश]

[संगीत]

[शंख—बाँसुरी]

कृष्ण : मैं जानता हूँ कभी अंतिम सत्य नहीं होता युद्ध
न सुलझती हैं समस्याएँ युद्ध से
न होते हैं प्रश्न हल
बल्कि
नरसंहार और भय ही परिणाम है युद्ध का।

मनुष्य जाति कहीं खो न बैठे श्रद्धा।
रम्य सपनों में खोयी मानव जाति के
पीढ़ी-दर-पीढ़ी भंग होने का डर है युद्ध से
फिर भी मैंने महाभारत युद्ध प्रज्वलित किया
क्यों? किसलिए? क्या इसीलिए कि मैं एक
पाषाणहृदयी वधिक था? कदापि नहीं। मैंने
फिर यह क्यों किया युद्ध प्रज्वलित
था प्रश्न मेरे सामने मानव जाति का।
प्रश्न था चिरन्तन अंतिम सत्य का।
प्रश्न था अनगिनत कुम्भ धारण कर रहने वाले
अमर आदम तत्त्व का।
अंतिम और कभी न बदलने वाला सत्य है
जीवन होता है जहाँ-जहाँ
वहाँ-वहाँ होती है लालसा प्रकट होने की।
होती है छटपटाहट मुक्ति की।
भीतर, गहरे भीतर अविराम गति से।
है जीवन का अर्थ = प्रकटन!
जग में दृश्य वस्तुओं के परे जगत है एक सूक्ष्म
उसे देखने मानव जाति को रुकना पड़ता है
घड़ी-भर।
यही युद्ध प्रभावशाली होता है
इसीलिए प्रज्वलित की युद्धाग्नि मैंने।
मात्र इसीलिए।

अर्जुन समेत पाँचों पांडवों को वृत्तान्त काल कैसा लगने लगा, असीम विक्रमी, सूर्यपुत्र कर्ण भीष्म के पतन होने तक समरांगण में उतरने वाला नहीं था। उसके समान अखण्ड साधना से शुचिभूत, योजनाकुशल, ज्वलंत पराक्रमी सेनानायक कुरुओं के पक्ष में दूसरा नहीं था। मेरे भरसक प्रयत्न के बाद भी वह पांडव पक्ष में नहीं लौटा। परन्तु महासागर जैसे उसके निश्चय

को बदलने में सुदर्शन धारण करने वाले मेरे हाथ भी विफल सिद्ध हुए। उसने यही सिद्ध किया कि जो भंग हो जाता है वो कभी तेज नहीं होता। प्रथम कुंतीपुत्र कर्ण की पात्रता मेरी जैसी, अर्थात् एक सारथी जैसी ही रह गई थी।

परन्तु सचमुच यही बात थी क्या? केवल एक रथ में बैठकर भ्रमण करते हुए दिग्विजय में समस्त आर्यावर्त को पदाक्रान्त करने वाला, दान, साधना, धैर्य और शुचिता से तप्त लौह जैसा दिखाई देने वाला वह पहला कौन्तेय—

[कृष्ण धीरे-धीरे गायब हो जाते हैं]

[दोनों ओर से सैनिक दलों का शारीरिक गतियों के साथ मंच पर प्रवेश। इनमें सारे चरित्र और सैनिकगण हैं। इनके हाथों में चार पन्द्रह फीट लम्बे तथा चार फीट चौड़े झण्डे हैं जिन पर चार चिह्न अंकित हैं, जिनमें कर्ण, दुर्योधन, पांडव, कृष्ण के संवादों के लिए ये चरित्र इसका उपयोग करेंगे]

[तेज संगीत में सारे लोगों का मंच पर आना। सारे लोगों के हाथों में तीर हैं।]

[तेज संगीत]

[कर्ण का मंच के सामने से बड़ा धनुष या तलवार या बाण लेकर धीमी गति से प्रवेश, मंच के बीच में आकर बैठ जाता है]

[सारे पात्र अपने तीरों से उसे मारते हैं और हँसते हैं]

[हँसी कम होती है।]

[प्रकाश कर्ण पर केन्द्रित। सारे लोग अपनी जगह पर बैठ गये हैं। सैनिक अपनी जगह पर खड़े हैं। उनकी, पार्श्व से प्रकाश होने की वजह से, छायाएँ कर्ण पर पड़ती हैं। कर्ण धीरे-धीरे सारे तीर उठा-उठाकर अपने शरीर पर चुभोता है। तीर टूट-टूटकर गिरते हैं। अभी कर्ण की पीठ दर्शकों की ओर है। धीरे-धीरे दर्शकों की ओर समुख होता है]

[संगीत—बेस स्वर जारी है]

कर्ण : सुतो वा सूत पुत्रो वा यो वा को वा भवाम्यहम्।
दैवायलं कुले जन्म मदायतं तु पौरुषम्॥

सभी : सूत पूत्र, सूत पुत्र, सारथी पुत्र।

कर्ण : कोई कहता है स्मृतियाँ मयूरपंख जैसी होती हैं, तो किसी का कहना है कि वे बकुल के फूल-सी होती हैं, जो अपनी छोड़ देती हैं सुगंध। लेकिन मैं इसे कभी स्वीकार न कर सका। स्मृतियाँ सदैव ही हाथी के पैरों जैसी होती हैं। वे मन की आर्द्र भूमि पर अपना गहरा चिह्न पीछे छोड़ती हैं। कम से कम मेरी स्मृतियाँ ऐसी ही हैं।

संसार मेरे सामने एक युद्ध क्षेत्र के रूप में उपस्थित है और मेरा जीवन भी क्या है? उस क्षेत्र में बाणों का केवल एक तरकस। भीतर से—मेरे मन के गहन-गम्भीर अन्तर्मन से एक आवाज बार-बार चीखती है। मन जब-जब उसे रोकने को होता है तो वह अग्नि की ज्वाला-सी भड़क उठती है कि "कर्ण, तेरा जीवन चिथड़े के समान है" मैं कहना चाहता हूँ कि मैं चिथड़ा नहीं बल्कि गोल किनारे वाला एक अंतलसी राजवस्त्र हूँ। केवल परिस्थितियों के निर्दय कँटीले बाड़े में उलझने से ही उसके सहस्रों चिथड़े हो गये। जिस किसी के हाथ वे पड़े, उसने मनमाने ढंग से उनका प्रचार किया। मैं तो तन-मन से लड़ने वाला एक उद्धत सैनिक हूँ।

मेरे सामने अनेक घटनाएँ कालक्रम छोड़कर इधर-उधर मनचाही दौड़ लगा रही हैं। उन्हें काल क्रमानुसार कैसे जोड़ूँ, यह स्वयं मुझे नहीं सूझ रहा है। पता नहीं क्यों, लेकिन इस समय बार-बार मेरी आँखों के सामने खड़ी है चम्पानगरी। गंगामाता विशाल और रमणीय तीर पर बसी चम्पानगरी। मेरी जीवन सरिता का वह सुन्दर मोड़, जो मुझे बहुत प्रिय है।

दृश्य दा

[राधा—शोण—कर्ण]

राधा : ***(कर्ण के सिर पर हाथ फेरते हुए)*** वसु ! गंगा की ओर भूलकर भी मत जाना।

कर्ण : क्यों नहीं जाऊँ ?

राधा : जब जाने से मना किया जाये तो नहीं जाना चाहिए।

कर्ण : तू सचमुच डरपोक है माँ···· ।

राधा : नहीं रे वसु !

कर्ण : तू कहती है तो नहीं जाऊँगा। बस ठीक है ?

[चली जाती है ।]

शोण : वसु भैया, अरे जल्दी आ। चलो, हम गंगा किनारे से सीप ले आयें।

[नदी के किनारे पहुँचकर]

शोण : भैया, ये सीपियाँ क्या पानी से ही आती हैं रे !

कर्ण : हाँ।

शोण : फिर तो इन पर ये सारे रंग पानी ने ही किये होंगे ?

कर्ण : हाँ, चल हम दोनों को बहुत देर हो गई है।

शोण : ***(ऊपर देखते हुए)*** भैया, ये कौन-से पक्षी हैं रे ?

कर्ण : गरुड़ ! सभी पक्षियों का राजा।

शोण : भैया, तू जायेगा क्या रे इन गरुड़ों की तरह खूब-खूब ऊँचा ?

कर्ण : पगले, मैं क्या पक्षी हूँ जो ऊँचा जाऊँगा ?

शोण : न सही, पर अभी थोड़ी देर पहले इतने तेज दौड़ते हुए घोड़े कैसे सँभाल लिये तूने।

कर्ण : अच्छा-अच्छा...देख शोण, उस डूबते सूर्य-बिम्ब को...कैसा लगता है तूझे यह सूर्य ?

शोण : तेरे चेहरे जैसा लगता है वह वसु भैया ! देखो, तुम्हारे कुण्डल भी ***(कर्ण कुण्डल छूता है)*** इस उजाले में चमक रहे हैं। माँ तुझे ही ज्यादा प्यार करती हैं, तभी माँ ने तुझे ये कुण्डल दिये...मुझे नहीं दिये। मेरे पास कहाँ हैं कुण्डल ?

कर्ण : चल अब घर चलेंगे, माँ राह देखती होगी।

[चलते हैं। राधा आती है। शोण उत्तरीय में बँधी सीपियाँ निकालता है]

राधा : और वसु, तू क्या लाया ?

कर्ण : ***(सकपकाकर)*** मैं...मैं...मैं इस शोण को वापस लाया, वरना यह तो रात-भर वहीं सीपियाँ बीनता रहता...

शोण : अच्छा तुम मुझे लाये या मैं तुम्हें...माँ, यदि मैं इसे चलने को नहीं कहता तो यह सुबह तक वहीं खड़ा रहता सूर्य की प्रतीक्षा में।

कर्ण : माँ, एक बात बता। मैं और शोण सगे भाई हैं न ! फिर इसे ऐसे कुण्डल क्यों नहीं हैं ?

राधा : ***(कुण्डल देखते हुए)*** यह अपने पिताजी से पूछना...मुझसे मत पूछो।

[अधिरथ का प्रवेश]

अधिरथ : कौन-सी बात पूछने को कह रही हो ?

राधा : वसु पूछ रहा है कि इसके जैसे कुण्डल शोण को क्यों नहीं मिले ?

अधिरथ : यह बात तो, बेटा, गंगा माँ ही बतायेगी...उसी से पूछना...वो उत्तर देगी। तभी...तभी मालूम होगा... ।

[अधिरथ, राधा का एक-दूसरे की ओर देखते प्रस्थान]

कर्ण : शोण ! सच बता, तुझको कुण्डल क्यों नहीं मिले ? मैं कौन हूँ ?

शोण : मेरा बड़ा भाई वसु भैया ! वसु भैया । *(चिल्लाते हुए जाना)*

कर्ण : ये कुण्डल मेरे ही कानों में क्यों ? *(गंगा की ध्वनि)*

[अचानक बहुत सारे लोगों के खेलने का शोर होता है । कर्ण की तन्द्रा टूटती है बाहर से कई सारे पात्र चिल्लाते हैं]

अन्य पात्र : वसु, यहाँ आओ··· यहाँ आओ ।

शोण : *(कर्ण का हाथ पकड़कर खींचते हुए)* वसु भैया, यहाँ आओ ।

[सारे अन्य पात्र कर्ण को घेर लेते हैं]

शोण : वसु भैया, हमने राजसभा तैयार की है । बस एक राजा की कमी है । तुम्हारे पास कुण्डल हैं, इसीलिए सबने तय किया है कि राजा तुम ही हो सकते हो ।

सारे पात्र : हाँ, राजा केवल तुम ही बन सकते हो··· हो··· हो··· हे ··· ।

कर्ण : लेकिन मैं तो शोण···

पात्र एक : अब यह शोण नहीं, सेनापति है । राजा को तो आज्ञा देनी चाहिए ।

पात्र दो : चम्पानगरी के महाराज वसुसेन की··· ।

सारे पात्र : जय हो ! जय हो ! !

[कर्ण एक सिंहासन जैसे पत्थर पर बैठ जाता है]

कर्ण : अमात्य, सभा का कामकाज सभा के सम्मुख प्रस्तुत करने की आज्ञा दी जाती है ।

पात्र दो : जो आज्ञा महाराज··· । सेनापति, भागिये-भागिये ! राजा पर संकट ।

[इसी बीच बहुत जोर का शोर मचता है । सारे पात्र इधर-उधर भागने लगते हैं । कोई पात्र चिल्लाता है··· शोण, अपने को बचाओ··· वसु, अपने को बचाओ··· । एक साँड दौड़ता हुआ

आता है। कर्ण उससे भिड़ जाता है। कुछ देर दोनों में भयानक संघर्ष होता है। साँड छूटकर भाग जाता है। कर्ण अपने को देखता है]

कर्ण : कहीं कोई खरोंच तक नहीं। कहीं रक्त की एक बूँद तक नहीं···शोण, कभी खेलने में तुझे चोट लगी है··· ?

शोण : कई बार··· ।

कर्ण : तो तुझे कभी खून नहीं निकलता··· ?

शोण : बहुत खून निकलता है···पिछली बार ही मैं कैसा छिल गया था··· !

कर्ण : मुझे चोट क्यों नहीं लगती? छोटा-सा घाव तक नहीं। निश्चय ही मेरी संपूर्ण देह पर अभेद्य कवच है। वाह! दौड़ते हुए रथ में से भी यदि गिर पड़ूँ तो मुझे कभी चोट नहीं लगेगी। पत्थर, कंकड़ या किसी शस्त्र से भी मैं कभी घायल नहीं हो सकूँगा। इसका अर्थ ये है कि मैं कभी नहीं मरूँगा। कभी नहीं। मैं अमर रहूँगा। मुझको कवच मिला है। मेरे कानों में जगमगाते कुण्डल हैं। पर मैं इन सबसे अलग क्यों हूँ? ये मुझे ही क्यों मिले? मैं कौन हूँ? तात अधिरथ और राधामाता का पुत्र। सूतपुत्र कर्ण। शोण का बड़ा भाई कर्ण। एक सारथी।
तो मुझे चोट क्यों नहीं लगती···खून क्यों नहीं निकलता··· ***(स्वगत)*** क्या मेरी त्वचा अभेद्य है···मैं कभी घायल नहीं हो सकता···तो क्या मैं कभी मरूँगा भी नहीं··· ?***(शोण से)*** यह बात घर में किसी से नहीं कहना, माँ डाँटेगी··· ।

[दोनों घर आते हैं। अधिरथ और राधा देवी खड़े हैं]

अधिरथ : कल सुबह ही हमें हस्तिनापुर के लिए निकल लेना है।

राधा : ***(एक छोटी-सी पेटिका देती है कर्ण को)*** वसु, यह मंजुषा अपने पास रख ले···समझ ले कि यह तेरी माँ है। जब-जब तुझे मेरी याद आये तो इसे खोलकर देख लेना···मेरी जगह अब इसी को देखना···इसे अब माँ ही समझना··· । सँभालकर

रखना…खोना नहीं… ।

शोण : मुझको छोड़कर जा रहा है! क्यों रे भैया? तू जायेगा तो…तो मैं भी तेरे साथ चलूँगा वापस नहीं जाऊँगा मैं।

अधिरथ : ठीक है, तू भी चल।

[रथ में बैठकर जाने का अभिनय]

गीत : जिसके पिता सूर्य थे माता कुन्ती सती कुमारी—

[सबका प्रस्थान]
[हस्तिनापुर पहुँचकर]
[रथ से उतरकर]

अधिरथ : हस्तिनापुर! कुरु राजाओं की समृद्ध और समर्थ राजनगरी। यह है राजप्रासाद का महाशर और सीढ़ियाँ…

कर्ण : एक, दो, चार, तीस, पचास, सौ, एक सौ एक, एक सौ पाँच, एक सौ छह…अरे एक सौ पाँच…

सिपाही : हस्तिनापुराधिपति महाराज धृतराष्ट्र पुत्र युवराज शिरोमणि दुर्योधन…

[दुर्योधन का दो सिपाहियों के साथ रथ में प्रवेश]

दृश्य तीन

[हस्तिनापुर का दृश्य। एक ओर से दुर्योधन और उसके अंगरक्षकों का प्रवेश। दूसरी ओर से कर्ण, शोण और अधिरथ का प्रवेश। अधिरथ दुर्योधन को नमस्कार करता है]

दुर्योधन : कहिये चाचाजी, चम्पानगरी से कब आये?

अधिरथ : अभी चला ही आ रहा हूँ युवराज।

दुर्योधन : *(कर्ण की ओर इशारा करके, रथ से कूदकर नीचे आता है)* यह कौन है?

अधिरथ : यह मेरा पुत्र कर्ण है। इसे आज राजनगरी दिखाने को लाया था।

दुर्योधन : कर्ण! अच्छा है। आप अमात्य से मिल लें, वे सारा प्रबंध कर देंगे। *(कर्ण से)* तुम्हारे ये कुण्डल क्या जन्मजात हैं?

कर्ण : हाँ।

दुर्योधन : इन कुण्डलों में तुम इतने सुन्दर लगते हो कि कोई एकाएक यह विश्वास भी नहीं करेगा कि तुम चाचाजी के पुत्र हो।

[मुस्कराकर देखते हुए दुर्योधन और अंगरक्षकों के प्रस्थान करते ही एक ओर से धृतराष्ट्र और उसके अंगरक्षकों का प्रवेश। अधिरथ और कर्ण प्रणाम करते हैं। धृतराष्ट्र कर्ण के कुण्डल छूकर देखता है]

अधिरथ : मैं आपका सेवक सूतराज अधिरथ और मेरा पुत्र कर्ण। आपको सादर अभिनंदन करता हूँ महाराज!

धृतराष्ट्र : अधिरथ, तुम्हारे साथ वही पुत्र है क्या, जो कवच-कुण्डल से युक्त है! उसके बारे में हमने बहुत कुछ सुना है। वत्स कर्ण, पास आ।

[उसके कान, कवच, टटोलकर देखता है]

धृतराष्ट्र : अधिरथ, तुम तो श्यामवर्ण हो फिर तुम्हारा पुत्र हिरण्यवर्णी कैसे?

अधिरथ : वह मातृवर्णी है महाराज!

धृतराष्ट्र : कहो अधिरथ, क्या चाहते हो?

अधिरथ : महाराज! राजकुमारों के साथ मेरे इस पुत्र को भी यदि युद्ध शास्त्र की कुछ शिक्षा मिल सके तो.... ।

धृतराष्ट्र : अवश्य! अधिरथ, तुम गुरुवर द्रोण के पास चले जाओ और इसका नाम उनकी युद्धशाला में लिखा दो। ***(एक अंगरक्षक से)***

[सारे जाते हैं अधिरथ, शोण, कर्ण रह जाते हैं]

कर्ण : पिता महाराज की आँखों को क्या हो गया है?

अधिरथ : वे अंधे हैं वत्स! चलो युद्धशाला में चलते हैं, वहाँ तुम्हें कौरव व पाण्डव कुमार दोनों दिखाई देंगे। वसु, पहुँचने पर तुरन्त ही गुरुवर को अभिवादन करना।

[युद्धशाला में दृश्य बदलता है]

[सबका प्रस्थान]

[युद्धशाला का दृश्य। कई पात्र अलग-अलग करतब—गदा, धनुष, भाला, तलवार—कर रहे हैं। एक ओर द्रोण खड़े हैं। अर्जुन द्रोण के पास कुछ सीख रहा है, भीम गदा का अभ्यास कर रहा है। अन्य पात्र अन्य हथियारों का अभ्यास कर रहे हैं। एक ओर से कर्ण, शोण और अधिरथ का प्रवेश]

अधिरथ : कर्ण! गुरुदेव के सामने पहुँचते ही उन्हें प्रणाम करना। वो देखो, वो श्वेत दाढ़ी वाले दिख रहे हैं न, वही हैं गुरुदेव द्रोण

और उनके पास जो खड़ा है वो है अर्जुन, कहते हैं इस हस्तिनापुर में वैसा धनुर्धर कोई नहीं है। और इधर गदा हाथ में लिये वो जो सबको चुनौती देता घूम रहा है, वो है भीम।

अधिरथ : *(द्रोण से)* गुरुदेव, यह मेरा पुत्र कर्ण है।

द्रोण : तुम्हारा पुत्र अधिरथ? इसे युद्धशाला में क्यों लाये हो?

अधिरथ : आपके चरणों में डालने आया हूँ गुरुदेव। राजकुमारों के साथ अगर इसे भी युद्ध विद्या की शिक्षा मिल जाये तो····।

द्रोण : युवराजों के साथ? अधिरथ, युद्ध विद्या केवल क्षत्रियों का कर्तव्य है। तुम चाहो तो इसे युद्धशाला में भर्ती कर दो, लेकिन यह युवराजों के साथ शिक्षा कैसे पा सकता है। ऐसा करो, इसे कृपाचार्य के पथक में सम्मिलित करवा दो।

अधिरथ : जो आज्ञा गुरुदेव।

[कर्ण भी द्रोण को नमस्कार करता है। लेकिन द्रोण अनदेखा करके अर्जुन की तरफ बढ़ जाते हैं। इसी बीच अर्जुन अधिरथ और कर्ण के पास आता है। जैसे ही कर्ण और अर्जुन आमने-सामने आते हैं, ऊपर से एक बाज गुजरता है और एक काला सर्प दोनों के बीच गिर पड़ता है। अर्जुन तत्काल धनुष से सर्प को मारने को उद्यत होता है]

द्रोण : *(दूर से)* रुको अर्जुन, तीर मत चलाना। इस तरह तुच्छ सर्प को मारने से अच्छा है अपने भीतर के सर्प को मार डालो। क्रोध का सर्प बड़ा भयानक होता है। दुर्बल पर हाथ उठाना वीरता नहीं।

[अर्जुन रुक जाता है। साँप चला जाता है। अर्जुन द्रोण की तरफ चला जाता है। कर्ण खिन्नता से पलटता है]

कर्ण : *(अधिरथ से)* पिताजी, मैं राजकुमारों से साथ क्यों नहीं शिक्षा पा सकता?

अधिरथ : क्योंकि तुम क्षत्रिय नहीं हो वत्स।

कर्ण : क्षत्रिय! क्षत्रिय का क्या तात्पर्य है?

अधिरथ : जो राजकुल में जन्म लेता है वह क्षत्रिय है। तुमने एक सूतकुल में जन्म लिया है।

कर्ण : कुल! राजकुल में जन्म लेने वालों के क्या सहस्त्र हाथ होते हैं? तो क्या शिक्षा और सब कुछ पाने का अधिकार केवल उन श्रेष्ठीजनों को ही है जिनने राजकुल या उच्च कुल में जन्म लिया है? क्या इसीलिए वे योग्य हैं क्योंकि उनने श्रेष्ठीवर्ग में जन्म लिया है? उन्हें अच्छे-अच्छे गुरुओं से शिक्षा मिलेगी, और कल वे कहेंगे कि हममें उन जैसी योग्यता ही नहीं है।

अधिरथ : यह नियति है पुत्र।

कर्ण : यह नियति नहीं है""यह अन्याय है, अन्याय""। अब आप लौट जाएँ पिताजी।

अधिरथ : अच्छा, अनुशासन बनाये रखना, किसी को कुछ कहने का अवसर न देना पुत्र।

कर्ण : ***(स्वगत। पेटी तावीज को मस्तक पर लगाता है)*** इस जगत का चतुर कारीगर अंततः है कौन?

गीत : तेजस्वी सम्मान खोजते नहीं गोत्र बतला के
पाते हैं जंग से प्रशस्ति अपना करतब दिखला के।
लीन मूल की ओर देख जग गलत कहे या ठीक
वीर खींचकर ही रहते हैं इतिहासों की लीक।

[कर्ण अपनी जगह है, निश्चय करता है। सूर्यदेव को अर्घ्य देता है। सूर्य नमस्कार का मंत्र पढ़ता है]

कर्ण : ***(स्वगत)*** लक्ष-लक्ष योजनों तक मुझको केवल प्रकाश ही प्रकाश दिखाई दे रहा है। अंततः तेजस्वी प्रकाश। संसार के समस्त अंधकार को नष्ट करने वाले सूर्यदेव, आज से मैं सूतपुत्र कर्ण तुम्हारा शिष्य हूँ। मुझको आशीर्वाद दो। मैं उस युवराज अर्जुन को दिखा दूँगा कि संसार में वही अकेला धनुर्धर नहीं है। मैं उससे भी श्रेष्ठ धनुर्धर बनूँगा। आपका हाथ मेरी पीठ पर इसलिए स्नेहपूर्वक कभी नहीं फिर सकेगा, क्योंकि मैं सूतपुत्र

हूँ। कुल की ऐसी कसौटी किसलिए! क्या आवश्यकता है इसकी? ॐ सूर्याय नमः।

[पीछे से भीष्म आकर थोड़ी देर खड़े होते हैं और उसकी पीठ पर हाथ रखते हैं। वे उसे जोरों से हिलाते हैं]

भीष्म : वत्स, तुम कौन हो?

कर्ण : मैं सूतपुत्र कर्ण।

भीष्म : मैं भीष्म हूँ। तुम अपनी पूजा में लीन थे। मैंने तुमको जगा दिया। इसलिए तुम क्षुब्ध तो नहीं हो गये?

कर्ण : नहीं।

भीष्म : सचमुच वत्स, तुमको जगाने की इच्छा मैं रोक नहीं सका। आज तीन दशाब्दियाँ हो गईं। मैं प्रतिदिन यहाँ गंगाघाट आता हूँ, पर हस्तिनापुर का कोई व्यक्ति कभी मुझसे पहले यहाँ नहीं आया। तुम पहले व्यक्ति हो जिसको मैं आज देख रहा हूँ।

कर्ण : मैं?

भीष्म : इन कुण्डलों के कारण तुम बहुत अच्छे लग रहे हो। इनका सदैव ध्यान रखना।

[गांग। भीष्म चले जाते हैं]

कर्ण : अपने जीवन में जिन तीन व्यक्तियों पर मेरा प्रेम था, उनमें एक व्यक्ति और बढ़ गया। पितामह भीष्म!

[पेटी तावीज को देखकर उसे वंदन कर धीरे से बोलता है]

माँ, मुझको आशीर्वाद दो। तुम्हारा वसु जीवन के मार्ग पर एक महत्त्वपूर्ण मोड़ आज ले रहा है। ॐ सूर्याय नमः।

[कर्ण अकेला युद्धाभ्यास कर रहा है]

[इस बीच तेज संगीत के साथ कर्ण भी अनेक शस्त्रों का संचालन करता है। संगीत धीमा पड़ता है। कर्ण धीरे-धीरे लौटता है। सामने से सिर पर एक श्वेत वस्त्र बाँधे अश्वत्थामा कर्ण के समीप आता है]

[युद्धाभ्यास के बीच-बीच रुककर संवाद बोलता है]

कर्ण : यह कर्ण उस तेज के कणों में से एक कण बन जाता तो कितना अच्छा होता!

—उनका शिष्य सूतपुत्र कर्ण

—मुझ पर अनुग्रह करो

—यह राजकुमारों के साथ कैसे शिक्षा पा सकता है।

कर्ण : बुरा न मानो तो एक बात कहूँ, तुम्हारा यह नाम अश्वत्थामा कुछ अजीब-सा नहीं लगता?

अश्वत्थामा : *(हँसते हुए)* तुम ठीक कह रहे हो। यह मुझे भी खटकता है। जानते हो जब इस नाम के बारे में किसी से पूछता हूँ तो वह क्या कहता है? कि मैं जन्म लेते ही घोड़े की तरह हिनहिनाया था, इसीलिए मेरा नाम अश्वत्थामा रख दिया था!

[दोनों जोर से हँसते हैं]

अश्वत्थामा : कर्ण, तुम मुझे अच्छे लगते हो। इसका कारण सिर्फ तुम्हारा स्वभाव ही नहीं है, तुम सुन्दर भी बहुत हो, सहज ही आँखों को अपनी ओर आकर्षित कर लेते हो।

कर्ण : क्या मैं सचमुच सुन्दर लगता हूँ?

अश्वत्थामा : हाँ। जब तुम गंगा से स्नान करके लौटते हो, तो जानते हो, सारी लाज ताक पर रखकर इस नगर की स्त्रियाँ खिड़की से झाँक-झाँककर तुम्हें देखती हैं।

कर्ण : *(झेंपकर)* अच्छा ये बात छोड़ो। एक बात पूछूँ, तुम नाराज नहीं होओ तो। तुम्हारे पिता को मुझमें कोई बात अच्छी क्यों नहीं लगती?

अश्वत्थामा : तुम अकेले ही ऐसे नहीं हो कर्ण। निषादराज का पुत्र एकलव्य भी इसी कारण दुखी है। पिताजी ने उसके साथ जो व्यवहार किया⋯वो क्या सोचता होगा, पिताजी के बारे में⋯हमारे मन की बेचैनी शायद इसीलिए है कि मूल्य बदल रहे हैं⋯।

कर्ण : क्यों?

अश्वत्थामा : तुमने राजकुमारों की तैयारी पूछी थी। युद्धशाला के सभी शिष्यों की नहीं। लेकिन फिर भी मैं तुम्हारे बारे में बहुत कह सकता था।

कर्ण : आखिर क्या कहते, इन्हीं कवच-कुण्डल के बारे में न? इसके विषय में नगर के सभी लोग जान गये हैं।

अश्वत्थामा : नहीं। मैंने कहा होता कि अर्जुन धनुष में, दुर्योधन गदा में, भीम मल्ल विद्या में, नकुल खड्ग में, दुःशासन मुष्टियुद्ध में, सहदेव चक्र में, युधिष्ठिर युद्ध नीति में और···और कर्ण इन सब-के-सब प्रकारों में अत्यन्त प्रवीण हो गया है।

कर्ण : ***(अपने में ही)*** लक्ष्य के सामने होने पर कर्ण फिर कर्ण नहीं रहता। उसका संपूर्ण शरीर बाण बन जाता है। केवल बाण ही नहीं, बल्कि बाण की नोक और लक्ष्यभेद का बिन्दु।

अश्वत्थामा : अरे, तुम्हारी देह तो अग्नि की तरह जल रही है। चलो चलें।

[दोनों का प्रस्थान]

गीत : तन से समर शूर, मन से भावुक—

दृश्य चार

[शोण और कर्ण का प्रवेश। नदी का किनारा]

कर्ण : शोण, बहुत दिन हो गये हमें। तुम शीघ्र जाकर घोड़ों को नदी पर पानी पिला लाओ''''हमें जल्दी ही हस्तिनापुर पहुँच जाना है''''हस्तिनापुर से निकले हमें बहुत दिन हो गये''''।

शोण : ठीक है वसु भैया''''।

[शोण का प्रस्थान। उसी दिशा से तीन-चार स्त्रियों का चीखते और भागते हुए प्रवेश। स्त्रियाँ डर जाती हैं। कर्ण को देखकर वृषाली घबरा जाती है और उसके सिर पर रखा घड़ा गिर जाता है। घड़ा एकदम कर्ण के पास गिरकर फूटता है। कर्ण के वस्त्र भीग जाते हैं। वृषाली दौड़कर पीछे हटती है दूसरी स्त्री सामने आकर कर्ण से क्षमा माँगती है]

दूसरी स्त्री : क्षमा करें महाराज, इसके कारण आपके वस्त्र भीग गये।

कर्ण : मैं महाराज हूँ, यह किसने कहा? मैं कर्ण हूँ, सूतपुत्र कर्ण। चम्पानगरी के अधिरथ जी का ज्येष्ठ पुत्र। मेरे भाई शोण की गलती से ही आपकी सखी का घड़ा फूट गया, इसलिए क्षमा तो मुझे ही माँगनी चाहिए। मैं सूतपुत्र कर्ण हूँ।

दूसरी स्त्री : *(शरारत से मुस्कराकर वृषाली का हाथ खींचकर)* सूतपुत्र? तब तो फिर यह भी सूत कन्या है।

कर्ण : सूत कन्या?

दूसरी स्त्री : यह भी प्रयाग के सर्वश्रेष्ठ सारथी सत्यसेन की बहन वृषाली है।

कर्ण : चलो शोण, देर हो रही है।

[स्त्रियाँ हँसती हैं। सबका प्रस्थान। वृषाली मुड़कर कर्ण की ओर देखती है]

[कर्ण भी वृषाली की ओर देखता है। मुड़कर फूटे घड़े का एक टुकड़ा उठाकर अपने उत्तरीय में बाँध लेता है]

[ढिंढोरची का ढिंढोरा]

[इसी बीच सारे सैनिकों की दौड़धूप]

[एक ओर से अश्वत्थामा/कर्ण का प्रवेश]

कर्ण : युद्धशाला इतनी खाली क्यों है ? सारे योद्धा कहाँ गये हैं ?

अश्वत्थामा : सारे योद्धा नगर से बाहर गये हैं, स्पर्धा का अखाड़ा तैयार करने। तुम्हें नहीं पता, दो दिन बाद ही एक विराट् स्पर्धा होने वाली है। सारे शस्त्रों की। इसमें जो श्रेष्ठ होगा उसको हस्तिनापुर वीर का सम्मान देगा। राजमाता उसे कुंकुम तिलक लगायेगी।

[प्रस्थान]

[एक ढिंढोरची एलान करता है]

ढिंढोरची : सुनें-सुनें···नगर के सभी जन सुनें। वसन्त पूर्णिमा के दिन एक विराट् स्पर्धा का आयोजन किया गया है···इस प्रतियोगिता में श्रेष्ठ योद्धा अपना-अपना कौशल दिखायेंगे। इसी स्पर्धा में यह तय होगा कि हस्तिनापुर का श्रेष्ठ योद्धा कौन होगा···सुनें ····सुनें···*(प्रस्थान)* सभी जन सुनें···सुनें सुनें····*(नगाड़ा उसी आवाज में)*

कर्ण : *(स्वगत)* अहंकारी अर्जुन, अब तुझे पता चलेगा कि लोकप्रियता की जिस भूमि पर तू खड़ा है वो कितनी खोखली है। गुरु द्रोण की छाया में पले कुकुरमुत्ते, अब पता चलेगा तुझे कि तेरे गुरु से मेरे गुरु भगवान् सूर्यदेव कितने श्रेष्ठ हैं।····उपेक्षा की अग्नि से पिछले छह वर्षों से मेरे कोमल मन के अंकुरों को गुरु द्रोण ने जलाकर राख कर दिया। बड़े कष्टों

से इस तूफान को अब तक दबाकर रखा है। मैं जानता हूँ संसार भीख माँगने से नहीं मिलता। मैं बिल्कुल ही भुला देने वाले उन गुरु-शिष्यों को दिखा दूँगा कि हस्तिनापुर में अभी कर्ण जीवित है। गुरु द्रोण ने जिसे हार समझकर छाती से लगाया वह अर्जुन केवल चकमक पत्थर है।

[सैनिकों का कोलाहल। भीष्म, द्रोण, कुन्ती, धृतराष्ट्र, दुर्योधन, अधिरथ, पाण्डव, कौरव आदि आते हैं। सैनिकों का वार्त्तालाप]

सैनिक एक : सुना है अखाड़ों की संख्या 13 है और सभी शस्त्रास्त्रों से सुसज्जित।

सैनिक दो : अश्वारोहण-गजारोहण के लिए तो विशाल अखाड़े हैं।

सैनिक तीन : द्वंद युद्ध के लिए एक ओर चंदन के तेल से सनी मिट्टी डाली गई है जो मगध से लाई गई है।

सैनिक चार : धनुर्धरों के लिए बीच में बीस हाथ ऊँचा, बीस हाथ लम्बा संगमरमरी चबूतरा है।

सैनिक पाँच : दुष्यवंश के किसी राजा के राज्य में इतना विशाल अखाड़ा बनाये जाने की बात नहीं सुनी।

सैनिक एक : सर्वश्रेष्ठ वीर कौन होगा—भीम, अर्जुन, दुर्योधन या दुःशासन?

शोण : भैया, तुम अखाड़े की ओर मत जाना, क्योंकि तुम्हारे कानों के कुण्डल आज निस्तेज हैं। चारों ओर काले-काले बादल घिर आये हैं।

दृश्य पाँच

[ढोल-नगाड़े बज रहे हैं। मंच के मध्य भाग में प्रतियोगिता प्रारंभ होती है। भीम और दुर्योधन गदा लड़ाते हैं। एक ओर धृतराष्ट्र, द्रोण, भीष्म, कुन्ती और गान्धारी बैठी हैं। दूसरी ओर दर्शक हैं। कई योद्धा आ-आकर करतब दिखाते हैं। बीच-बीच में जय-जयकार होती है। अर्जुन आकर तीर चलाने के कई करतब दिखाता है। सारे दर्शक अर्जुन की जय-जयकार करते हैं। एक कोने में शोण और कर्ण खड़े हैं]

कर्ण : मेरे कुण्डल आज काले क्यों पड़ गये? किस महान् विनाश की पूर्वसूचना है यह? किसलिए मिले हैं ये कुण्डल? इनका क्या उपयोग? सूर्यदेव, केवल एक बार दर्शन दे दीजिये। आज का दिन एकमात्र ऐसा दिन है जिसको हस्तिनापुर का प्रत्येक शक्तिशाली युवक प्राणों का मूल्य चुकाकर जीतना चाहेगा। केवल एक बार सहस्र तेजस्वी नेत्र खोलकर कृपादृष्टि डालिये, केवल एक बार।

शोण : भैया, अब अर्जुन अखाड़े में उतरा है।

कर्ण : अर्जुन! क्यों मानते हैं उसको इतना पराक्रमी?

[सैनिकों का संवाद]

सैनिक एक : विष्णु की तरह धन्य अर्जुन।

सैनिक दो : तेरे जैसा धनुर्धर ढूँढ़ने से भी नहीं मिलेगा।

सैनिक तीन : धन्य पाण्डुपुत्र!

सैनिक चार : आज तू ही हस्तिनापुर का सर्वश्रेष्ठ अजेय वीर सिद्ध होगा।

द्रोण : अर्जुन, अब अपना अंतिम कौशल दिखाओ…तुम्हें आवाज पर अपना लक्ष्यभेद करना है…।

[अर्जुन पीठ मोड़ता है। कुत्ता भौंकता है। आँखों पर पट्टी चढ़ाए अर्जुन तीर चलाता है। कुते का भौंकना बन्द हो जाता है। द्रोण कुत्ते के मुँह से तीर निकालकर लाते हैं। सारे दर्शक तालियाँ बजाकर अर्जुन की जय-जयकार करते हैं। द्रोण अपने हाथ की माला ऊपर उठाते हैं]

द्रोण : हस्तिनापुर के प्रजाजनो, आज अद्‌भुत, असंभव संसार के चर-अचर जीव सुनें। मैं राजगुरु द्रोणाचार्य घोषणा करता हूँ कि त्रिलोक का धनुर्धर अर्जुन····

कर्ण : *(जोर से चिल्लाकर)* ठहरो····।

[दुर्योधन और अन्य सभी इस आवाज से स्तंभित होकर देखते हैं। कर्ण बीच में पहुँचता है]

द्रोण : कौन हो तुम ?

कर्ण : मैं कर्ण हूँ। मैं उन सब पराक्रमों को करने को तैयार हूँ जो युवराज अर्जुन ने कर दिखाए। मुझे अवसर दें।

सारे दर्शक : *(अपने उत्तरीय फहराकर)* इसको भी अवसर दो····।

[धृतराष्ट्र भीष्म से कुछ कहते हैं। भीष्म राजदण्ड उठाकर सबको शान्त करते हैं]

भीष्म : यह अखाड़ा पुरुषार्थ की कसौटी है। यहाँ हस्तिनापुर का कोई भी वीर अपना पुरुषार्थ प्रकट कर सकता है। गुरुदेव, इस साहसी वीर को अवसर दो।

[सारे दर्शक तालियाँ बजाते हैं। कर्ण कई करतब करता है। भाले की लड़ाई, तलवार और गदा की लड़ाई और हर बार विजयी होता है। सब जय-जयकार करते हैं]

द्रोण : कर्ण, अब तुम्हें ध्वनि का लक्ष्यभेद करना है। *(आँखें बन्द करने के लिए पट्टी बाँधते हैं)*

[कर्ण सतर्क होकर प्रत्यंचा चढ़ाता है। कुत्ता भौंकने से पहले एक पक्षी की धीमी-सी आवाज होती है। कर्ण तीर चलाता है।

कुत्ता भौंकता रहता है। कर्ण निराश हो जाता है। पराजित-सा नीचे बैठ जाता है। अर्जुन की जय-जयकार होने लगती है। द्रोण हाथ की माला अर्जुन के गले में डालने को बढ़ते हैं]

सारे दर्शक : युवराज अर्जुन की जय··· गुरुवर द्रोण की जय··· ।

भीष्म : *(चिल्लाकर)* ठहरो।

[लेकिन द्रोण माला अर्जुन के गले में डाल देते हैं]

भीष्म : *(बहुत गुस्से में राजदण्ड उठाकर)* गुरु द्रोण और हस्तिनापुर के नगरवासियो, मैं गंगापुत्र ज्येष्ठ कौरव भीष्म कह रहा हूँ—अर्जुन आज का सर्वश्रेष्ठ धनुर्धर नहीं है।

एक व्यक्ति : तो सर्वश्रेष्ठ धनुर्धर कौन है?

भीष्म : कर्ण। गुरुदेव द्रोण—अर्जुन के प्रेम ने आपको अन्धा कर दिया है। केवल अन्धा ही नहीं, बहरा भी। शब्द का लक्ष्यभेद जानने की योग्यता इस अखाड़े में केवल चार व्यक्तियों को है। एक कर्ण, दूसरे द्रोण तीसरा अर्जुन और चौथा मैं। अर्जुन और द्रोणाचार्य का ध्यान बस कुत्ते के भौंकने पर ही रहा। लेकिन इससे पहले एक धीमी-सी आवाज आई थी, इस कर्ण ने उसी आवाज पर अपना बाण चलाया···

दर्शक : कैसी आवाज··· कैसी आवाज··· ?

भीष्म : सामने के वृक्ष पर पत्ररथ पक्षिणी अपने बच्चे के मुँह में दाना देते हुए चहकी थी··· । वो देखो, उसकी चोंच में अभी भी कर्ण का सुचिबाण रखा हुआ है।

दर्शक : कर्ण की जय··· वीर कर्ण की जय··· । पितामह भीष्म की जय।

कर्ण : *(बीच मंच पर आकर, क्रोध में)* मेरे गले में नील कमलों की माला नहीं पड़ी है। इसलिए मेरी विजय कलंकित है। ऐसा अगर किसी को लगता है तो मैं कर्ण हस्तिनापुर के इस चबूतरे पर खड़ा होकर युवराज अर्जुन को द्वन्दयुद्ध की चुनौती देता हूँ··· द्वन्दयुद्ध निर्णय कर देगा कि सर्वश्रेष्ठ कौन है। मुझे भिक्षा नहीं चाहिए।

द्रोण : युवराज अर्जुन क्षत्रिय कुल के हैं, इसलिए यह जानना आवश्यक

है कि कर्ण किस कुल का है। कर्ण अपने तेजस्वी कुल का नाम बतायें, इसके बाद ही द्वन्दयुद्ध संभव है।

कर्ण : ***(स्वगत)*** कह दूँ मैं तात अधिरथ और राधामाता का सूतपुत्र कर्ण हूँ। शोण का भाई कर्ण। सारथी कर्ण।.....सबके सब तुच्छता से कहेंगे, क्या सारथी पुत्र! फिर यहाँ क्यों आया है? इसे भेज दो अश्वशाला में।

दुर्योधन : ***(गुस्से में)*** गुरुदेव, आप पराक्रम की क्रूर अवहेलना कर रहे हैं। क्षत्रिय होने के लिए कर्ण में क्या कमी है। धर्मशास्त्र क्षत्रिय किसे कहते हैं? जिसकी भुजाओं में प्रचण्ड शक्ति हो, जो अपना निजी राज धारण करता हो और जो राजकुल में जन्मा हो। कर्ण ने अपने पुरुषार्थ से सब कुछ सिद्ध कर दिया है। सिंहासन लाओ। अभिषेक लाओ। ***(राजवस्त्र, जल, किरीट, खड्ग लाये जाते हैं। राज्याभिषेक संगीत आदि)*** मैं युवराज दुर्योधन इसी समय इस वीर तेजस्वी और पराक्रमी कर्ण को अंगदेश का राजा बनाता हूँ.....अब तो यह अंगराज है.....द्वन्द युद्ध होने दिया जाये।

सारे दर्शक : अंगराज कर्ण की जय...जय...। जयतु जय जय कर्ण, जयतु जय जय कर्ण।

कर्ण : ***(दुर्योधन से)*** युवराज दुर्योधन, तुमने आज धूल में पड़े मेरे अस्तित्व को गले लगाया है, अपमान के समय मुझे सहारा दिया है। आज से मेरा सारा जीवन और मैं केवल तुम्हारे लिए हैं।

[इसी बीच अधिरथ बीच में मंच पर चला आता है। कर्ण पिता के पाँव छूता है। पिताजी कहकर उसे गले लगाता है]

द्रोण : ***(चिल्लाकर)*** कर्ण एक सारथी का पुत्र है। यह द्वन्द नहीं हो सकता।

सैनिक एक : ***(गरजकर)*** एक सारथी पुत्र को इस अखाड़े में आने का साहस कैसे हुआ...सारथी पुत्र....। ***(सारे योद्धा हँसते हुए)*** सारथी पुत्र...सारथी पुत्र....।

सैनिक : जा, अश्वशाला में जाकर घोड़ों की मालिश कर....।

[कर्ण उदास वहीं बैठता है]

गीत : कौन जन्म लेता है किस कुल में ? आकस्मिक ही यह बात,
छोटे कुल पर किन्तु, यहाँ होते तब भी कितने आघात।
हाय, जाति छोटी है तो फिर सभी हमारे गुण छोटे,
जाति बड़ी तो बड़े बनें, रहें लाख चाहे खोटे।

दुर्योधन : *(पीठ थपथपाते हुए)* ध्यान रखो कर्ण। तुम अंगराज हो। दुर्योधन के मित्र। गर्वोन्मत हँसी उड़ाने वाले मस्तकों को मैं रौंद दूँगा। कर्ण कर्ण नहीं है, अंगराज कर्ण है।

कर्ण : *(उसका हाथ अपने हाथ में लेते हुए)* राजन ! मैं अंगराज कर्ण, मैं आजन्म तुम्हारा पीठ से पीछे रहूँगा। प्राण भले ही जायें, मैं पीछे नहीं हटूँगा। *(गांग)*

[गीत के अंत में राजमाता कुन्ती के मूर्च्छित होने की सूचना से भगदड़ मचती है सब चले जाते हैं]

[सबका प्रस्थान। कर्ण उदास-सा चक्कर लगाकर अपने ठीहे पर आकर बैठ जाता है। एक व्यक्ति आता है। यह सत्यसेन है]

सत्यसेन : मैं प्रयाग का सारथी सत्यसेन हूँ.... ।

कर्ण : *(स्वगत)* कौन सत्सेन....*(प्रकट)* इससे पहले तो हम कभी नहीं मिले.... । वृषाली.... ।

सत्यसेन : आपने ठीक जाना....मैं वृषाली का भाई हूँ....मेरे साथ मेरी बहन और माँ भी आई हैं....मैं यहाँ किसी को जानता नहीं, इसलिए उन्हें विष्णु मन्दिर में छोड़कर आया हूँ.... ।

कर्ण : चलो, हम उधर ही चलते हैं।

कर्ण : *(स्वगत)* संयोग ही मनुष्य के जीवन का निर्माण करते हैं....मनुष्य तो केवल उनका श्रेय प्राप्त करता है।

[कर्ण का प्रस्थान। कुंती का प्रवेश। दोनों एक-दूसरे को देखते हुए गाते हैं]

गीत : मैं सूत वंश में पलता था, अपमान अनल में जलता था,
सब देख रही थी दृश्य पृथा, माँ की ममता पर हुई वृथा
छिपकर भी तो सुधि ले न सकी, छाया अंचल की दे न सकी।

दृश्य छह

[सेविकाओं के साथ कुन्ती का प्रवेश]

कुन्ती : *(स्वगत)* मैं पृथा, मथुरा के राजा सूरसेन की पुत्री और महाराज कुन्तीभोज की दत्तक पुत्री''''नहीं कुन्ती''''यही नाम तो दिया था महाराज कुन्तीभोज ने मुझे''''मैं ही तो हूँ इस अभागे कर्ण की जननी''''महर्षि दुर्वासा ने अपनी सेवा के बदले दिया था मुझे एक मंत्र''''कहा था इसे पढ़कर तुम जिस देवता का आह्वान करोगी वही आकर तुम्हें एक पुत्र देगा''''लड़कपन में ही मैंने उस दिन स्नान के बाद अपने सामने चमकते उस देदीप्यमान सूर्य की ओर देखा और''''बस यूँ ही''''शायद मंत्र की परीक्षा के लिए ही''''सूर्य का आह्वान सूर्य मंत्र से कर लिया''''।

[नदी की यवनिकाओं के बीच से कुन्ती निकलती है। सपने का संगीत, ज्यों नहाकर निकली हो। मंत्र पढ़ती है। नाचते हुए सूर्य का आगमन होता है। कुन्ती एकाएक भयभीत होती है। (समागम की नृत्यगतियाँ) विनय करती है। फिर सूर्य के साथ नाचती है। सूर्य का प्रस्थान]

कुन्ती : और इस तरह पैदा हुआ कर्ण। जन्म से ही कवच और कुण्डल पहना कर्ण। मैं तो शस्त्र स्पर्धा में देखते ही उसे पहचान गई थी। जब-जब उसे सूतपुत्र-सूतपूत्र कहकर अपमानित कर रहे थे''''मेरा मन चीख रहा था''''किसी ने नहीं जानना चाहा कि उस असह्य वेदना से मैं मूर्च्छित क्यों हो गई''''मेरा मन हुआ

कि चीख-चीखकर कहूँ⋯यह सूतपुत्र नहीं⋯मेरा ज्येष्ठ पुत्र कर्ण है⋯पर लोक की मर्यादा ने बार-बार मेरी जबान को पकड़ लिया⋯धात्री ने ही एक दिन मुझे बताया था कि नदी में बहाया मेरा पुत्र अधिरथ को मिल गया है⋯मंत्र से ही मैंने पाये थे⋯शापग्रस्त महाराज पाण्डु के पाँचों पुत्र⋯युधिष्ठिर भीम⋯अर्जुन और माद्री के नकुल और सहदेव⋯बीस वर्ष से मेरे मन का एक कोना⋯कर्ण के लिए आँसू बहाता रहा⋯कर्ण। तुझे नहीं पता⋯नहीं पता तू सूर्यपुत्र है⋯सूर्यपुत्र⋯ज्येष्ठ पाण्डव। उसके गोल लाल मुख पर लाल-सा नीला प्रकाश फेंकते हुए दो सुनहरे कुण्डल गर्व से कानों में झूल रहे थे। वन्य घोड़े की तरह गर्वीली चाल थी उसकी। आखिर वह सूर्यपुत्र था। उसके लिए बीस वर्षों तक विलाप करने वाला मेरा मातृत्व तड़पने लगा। मैं एक बार जी भरकर उसको अंक में समेट लेना चाहती हूँ। उसके कानों के कुण्डलों को चूमना चाहती हूँ। जो दूध उसके नन्हे-नन्हे होंठों के लिए अपरिचित था, वह मेरे शरीर में वेगपूर्वक फिरने लगा। उसको देखते ही मेरे स्तनों में दूध आ गया। मेरी कंचुकी भीग गई। समझी नहीं मैं क्या करूँ। मेरे और उसके बीच एक तिलमिलाता परदा था। समाज का परदा। राजकुल का परदा। प्रतिष्ठा का परदा। इस परदे को फाड़कर मैं आवेक से⋯तो⋯तो क्या होता? उससे लिपट जाती। कहती मैं तेरी माता हूँ? उस समय मैं कौन थी? राजमाता? पाँच पुत्रों की माता? जो आज तक क्रूर काल के सभी तरह के थपेड़े खाती चली आई थी—वह दुखी कुन्ती! नहीं, एक पुत्र को अंक में समेटने को तड़पने वाली विरहिणी माता। मैं कुंती। पिंजरे में बन्द मेरा मन भीतर-भीतर फड़फड़ाने लगा। उस अखाड़े में मैं एकमात्र ऐसी स्त्री थी, जो कर्ण का जीवन वृत्तान्त जानती थी, मेरे कारण ही यह सबकुछ हुआ। मेरे पुत्र कर्ण! आज तेरी यह कैसी दशा है? तुझे पता नहीं कि तू कौन है। आज विवश है। आज भीष्म, धृतराष्ट्र, विदुर आदि

सब विद्वान्, त्यागी, महारथी असमर्थ हैं, क्योंकि वे भी अनजान हैं।

क्या कहूँ, इन वर्षों में तीन भिन्न-भिन्न कुन्तियों का जीवन मैंने कैसे बिताया। बचपन की पृथा, किशोरी और युवती कुन्ती।

जब वृषाली से कर्ण का ब्याह हुआ तो मैं कितनी खुश थी····क्या वृषाली ने इसे समझा होगा····वृषाली को दिये गहने और साड़ी और कर्ण के लिए भेजे अंगुलत्राण से क्या उसने····

और अब राजमाता कही जाने वाली कुन्ती विधवा।

लेकिन इन बातों की अपेक्षा मैं दुर्योधन से अधिक भयभीत हूँ। उसने अपनी कंजी आँखों का जाल किस कुटिलतापूर्वक कर्ण पर अचूक फेंका। उसके हाथों कर्ण का क्या होगा। मनुष्य अपने पुरुषार्थ और सत्ता के नगाड़े चाहे जितना पीट ले, परन्तु अन्त में वह काल के सशक्त हाथों का एक नगण्य खिलौना होता है। मैं चिल्लाकर कहना चाहती हूँ, कर्ण मेरा पुत्र है। मेरा पुत्र है कर्ण। लेकिन मुझको साहस नहीं है, साहस।

[हताश गिरती है। दो सेविकाएँ उसे उठाकर ले जाती हैं। संगीत शोकाकुल, उसी से तब्दील मुख]

[कर्ण का अकेले आना। शहनाई, शादी के स्वर में]

कुन्ती : कोई अनुमान लगाया होगा····***(पीछे से शहनाई बजती है)*** पता नहीं वृषाली आज जब कर्ण के पास जायेगी तो मेरे बारे में क्या कहेगी····आज पहली रात वृषाली ने वही वस्त्र पहने होंगे····।

[कुन्ती का प्रस्थान। वृषाली दुल्हन की तरह बैठी है। कर्ण आता है। कर्ण एक नजर वृषाली को देखता है। फिर दूर बाहर देखने लगता है। फिर वृषाली के पास आता है]

कर्ण : ***(स्वगत। मुस्कराते हुए आना)*** विवाह! सचमुच ही यदि संसार में स्त्री और विवाह ये दोनों बातें नहीं होतीं तो क्या होता? लगता है जैसे रमणीय सृष्टि मरुभूमि में तब्दील हो जाती।

स्त्री तो ब्रह्मा की पहली सुखनिद्रा के समय धीरे से छोड़ा हुआ

निःश्वास है।

स्त्री के प्रेमपूर्ण सहचर्य से मनुष्य संसार की क्रूरता भूल जाता है। अपमान के कटु घूँट धैर्यपूर्वक पचा सकता है। जैसे मधुमक्खी अपने प्रिय फूल के चारों ओर निरंतर गुंजन करती हुई उड़ती रहती है, उसी तरह मेरा मन वृषाली के चारों ओर चक्कर काट रहा है।

कर्ण : वृषाली ! अब यदि दुबारा तुम गंगा में गिरोगी तो मैं तुम्हें बाहर नहीं निकालूँगा···मैं कोई धीवर नहीं हूँ जो गंगा में डूबने वालों को बचाता फिरूँ···। वृषाली, तुमने आज यही साड़ी क्यों पहनी···? इसमें ऐसी क्या विशेषता है?

वृषाली : आपको नीले आकाश में सुनहरे सूर्यदेव को देखना अच्छा लगता है न ! इस नीली साड़ी में सुनहरे बूँटे हैं···इसलिए···। आज एक चीज मैं आपको देना चाहती हूँ···।

कर्ण : क्या चीज ?

[वृषाली नीचे से तह किया हुआ उसका उत्तरीय निकालकर देती है]

वृषाली : यह वही उत्तरीय है जो उस दिन मेरे पास रह गया था···।

कर्ण : मैं भी एक चीज देना चाहता हूँ···।

[कर्ण अपने उत्तरीय में बँधा घड़े का टुकड़ा वृषाली को दिखाता है। वृषाली लजा जाती है। दोनों एक-दूसरे के करीब आते हैं]

वृषाली : क्या ?

कर्ण : प्रयाग का यह सोना। ***(वह टुकड़ा छीन लेती है)***

कर्ण : ***(स्वगत)*** वो मेरे साथ कैसा व्यवहार करेगी ? मेरा स्वभाव, मेरा जीवन, मेरा लक्ष्य क्या वह ठीक-ठीक समझ पायेगी ? उसकी सहायता से मेरा जीवन म्यान में रखी खड्ग जैसा सुरक्षित हो जायेगा।

[पीछे वृषाली खड़ी है]

[लाइट कम होकर नीले रंग में बदलती है। उन्हें घेरे में लेती है]

वृषाली : अभी सब दीये बुझे नहीं हैं।

कर्ण : इ· चन्द्र के बारे में कह रही हो। विश्व की सृष्टि से न जाने इसने कितने प्राणीयुगल देखे होंगे। स्वयं इसे भी याद न होगा।

वृषाली : उहूँ चन्द्र नहीं। कभी न बुझने वाले दो दीप, आपके कानों के।

[धीरे-धीरे मुस्कराती है]

[कर्ण उसे अंक में भर लेता है]

[अंधकार/संगीत]

दृश्य सात

[अश्वत्थामा हाथ में दूर्वा लिये प्रवेश करता है। दूसरी ओर से कर्ण आता है। कर्ण नमस्कार करता है]

कर्ण : अलभ्य लाभ। गुरुपुत्र, सुबह-सुबह तुम्हारे दर्शन हुए, अब मेरा पूरा दिन बहुत सुन्दर बीतेगा। हो सकता है आज की दुर्लभ अतिथि का आगमन हो।

अश्वत्थामा : *(हँसते हुए)* मेरे दर्शन अगर तुम्हारे लिए इतने शुभ हों तो मैं प्रतिदिन गंगा की ओर जाने वाले तुम्हारे मार्ग में बैठा रहूँगा।

कर्ण : जानता हूँ तुम ऐसा नहीं कर सकते, लेकिन तुम्हारा दिखना सचमुच मुझे हर बार अच्छा होता है। लेकिन तुम जा कहाँ रहे हो ?

अश्वत्थामा : ये समिधाएँ पहुँचानी हैं, हवन का समय हो रहा है।

कर्ण : बस, इतनी-सी बात है, तो चलो युद्धशाला में इन समिधाओं को पहुँचाकर गंगातट पर चलते हैं।

अश्वत्थामा : जानते हो कर्ण, पिता अपने पुत्र के लिए कुछ भी कर सकता है। समय आने पर झूठ भी बोल सकता है। मेरे पिता ने जानते हो मुझे नरायणशस्त्र की शिक्षा कैसे दी ! वे अर्जुन को बहुत छोटे मुँह का घड़ा लेकर पानी भरने को भेज दिया करते थे और मुझे जो घड़ा दिया जाता था वह बड़े मुँह का था…बस इसी के बीच का जो समय था, उसी में मुझे उन्होंने नारायणशस्त्र चलाने की शिक्षा दी…पर यह तो बताओ कर्ण, तुम्हारा वास्तविक गुरु कौन हैं…तुमने धनुष विधा में दक्षता कैसे प्राप्त की ?

कर्ण : सच जानना चाहते हो⋯यह बात आज तक मैंने किसी से नहीं कही। मैंने अपना गुरु साक्षात सूर्यदेव को ही बनाया है। उनसे मुझे सदैव दिव्य संदेश प्राप्त होते हैं⋯ मुझे लगता है कि कोई भी यदि बहुत ध्यान लगाकर⋯अपनी इन्द्रियों को सचेत रखे तो इस संपूर्ण प्रकृति से ही सारे संकेत मिल सकते हैं। तुम बुरा न मानो तो एक बात पूछूँ अश्वत्थामन⋯तुम यह अपने सिर पर हमेशा श्वेत्र वस्त्र क्यों बाँधे रहते हो?

अश्वत्थामा : ***(हँसकर)*** यह बात आज नहीं⋯पर समय आने पर एक दिन अवश्य बताऊँगा⋯निश्चय ही बताऊँगा।

कर्ण : अश्वत्थामन, मेरा मन कभी-कभी परस्पर विरोधी मानसिक विचारों में बुरी तरह उलझ जाता है। यह असामंजस्य क्या है? मैं कौन हूँ, ये स्वयं नहीं जानता। हृदय में परस्पर विरोधी भावनाओं का विचित्र संघर्ष क्यों है? यह द्वैत कब अद्वैत होगा। मैं ऐसा कर्ण कब बनूँगा जब भीतर-बाहर एक ही अखण्ड हो, एक कर्ण। अपने तेज से चमकने वाला कर्ण।

अश्वत्थामा : कर्ण! चूँकि तुम्हारे कानों में जन्मजात कुण्डल हैं, इसलिए तुम्हारी परम्परा निश्चय ही अति तेजस्वी और अति प्राचीन होनी चाहिए। तुम तो केवल वर्तमान पर दृष्टि रखो। परम्परा के गर्भ से उत्पन्न भविष्य तुम्हारा नहीं—कुण्ठा मत पनपने दो। तत्काल अपने आपको सँभालो। एक दिन संसार निश्चय ही तुम्हारे पैरों पर लोटेगा, इतने महान् हो तुम।

कर्ण : काल अखण्ड है। जीवन असीम है⋯***(गांग)***

[ढिंढोरा]

नेपथ्य : मथुरा के अन्यायी राजा यादवराज कंस का उनके भांजे कृष्ण ने वध कर दिया है। सुनें⋯सुनें नगरजन⋯सुनें। श्रीकृष्ण ने क्रूर अन्यायी यादवराज कंस का वध कर दिया है।

[इसके साथ ही सारे नगरजन रंग-बिरंगे ध्वज लिये और गाते-बजाते मंच पर आकर उल्लास मानते हैं]

कर्ण : *(अश्वत्थामा से)* कृष्ण इस आर्यावर्त के पहले दृष्टा राजा हैं। कृष्ण मेरे लिए हमेशा ही पूज्य रहेंगे।

[इसी बीच एक पात्र दौड़ता हुआ आता है]

एक व्यक्ति : *(चिल्लाकर)* अंगराज, आपके घर पुत्र जन्मा है।

[सारे नर-नारी कृष्ण की जय-जयकार करते गाते-बजाते हैं। सबका प्रस्थान]

[कुन्ती और उनकी सेविकाओं का एक ओर से प्रवेश और दूसरी ओर से प्रस्थान। एक ओर से दुर्योधन का प्रवेश। वह कुन्ती को देखता है]

दृश्य आठ

[दुर्योधन प्रस्थान करती हुई कुन्ती को देखता हुआ आता है]

दुर्योधन : *(स्वगत)* पुरवासी मुझसे डरते हैं। बहुत-से लोगों की यही धारणा है कि संसार में विद्यमान और अविद्यमान सारे दुर्गुणों का मैं एक जीवित पुतला हूँ। मैं अहंकार का एक महान् वटवृक्ष हूँ। सारी कलह⋯सारे विवाद और जो कुछ भी बुरा घटित हो रहा है, वह सब मेरे ही कारण है⋯सारा हस्तिनापुर पीठ पीछे मेरी निन्दा करता है⋯ दुर्बल लोग और कर भी क्या सकते हैं। मैं केवल वर्तमान में विश्वास करता हूँ⋯न भूतकाल में और न भविष्य में⋯इसीलिए मेरा सारा भय हैं पाण्डव। इसी भय को दूर करने के उपाय मैंने किये हैं⋯महाप्रतापी⋯सूर्य जैसा कर्ण आज मेरे साथ है⋯वह बहुत सीधा है⋯भोला है⋯। अपना प्राणप्रिय मित्र मानकर उस बावले ने अपना सर्वस्व⋯ध्येय और भविष्य मेरे हाथों सौंप दिया है⋯। पागल कर्ण! इस दुर्योधन को पहचानने में तुम्हें बहुत दिन लगेंगे। क्योंकि आज तुम मेरी मुट्ठी में हो। कर्ण, आज तो तुम मेरी गोष्ठ में बँधी निरुपद्रवी गाय हो।

मुझे तो बस पाण्डवों का काँटा निकालना है⋯इसी के लिए मैं तुम्हारा उपयोग करूँगा कर्ण। पाण्डव क्या हैं⋯वे पाण्डु महाराज के पुत्र नहीं⋯अधिक से अधिक उन्हें कौन्तेय और माद्रेय कहा जा सकता है।⋯उन्हें इस राज्य का अधिकार नहीं। लेकिन आज वे राज्य की माँग कर रहे हैं⋯कर्ण सचमुच भोला

है। वह जिसे मानता है उस पर प्राण भी निछावर कर सकता है। अरे पागल कर्ण, कर्ण मेरा अमोघ अस्त्र है। जब तक उचित समय नहीं आयेगा, उसको कदापि दाँव पर नहीं लगाऊँगा। जब तक कर्ण जीवित है, तब तक दुर्योधन अजेय है। अरे पागल कर्ण, तुम्हें अंगराज बनाकर जो मान मुकुट मैंने तुम्हारे मस्तक पर रखा है''''उसमें जो लाल हीरा जड़ा है''''वो हीरा नहीं, एक धधकता अंगारा है''''तुम्हारी भोली श्रद्धा का अंगारा।

[कर्ण का प्रवेश]

कर्ण : इस समय तुमने याद किया युवराज!

दुर्योधन : समय-असमय तो हम ही लोग तय करते हैं कर्ण। आओ आसन ग्रहण करो। जो स्वयं को सुविधाजनक बना दे वही वास्तव में योद्धा है। ***(एक निमंत्रण-पत्र कर्ण को देता है। कर्ण उसे पढ़ता है)***

कर्ण : यह तो स्वयंवर का निमंत्रण है। मैंने तो सोचा था कि कोई कठिन समस्या होगी।

दुर्योधन : कर्ण, कोई भी राजनीतिक समस्या इस स्वंयवर जैसी विकट नहीं है। यह स्वंयवर मेरा ही नहीं, सारे कुरुपुत्रों का जीवन बदल सकता है।

कर्ण : ***(मुस्कराकर)*** एक स्त्री के लिए कुरुओं का जीवन बदल जाये''''सिंहासन डगमगा जाये'''' मैं तो यह स्वप्न में भी नहीं सोच सकता।

दुर्योधन : नहीं कर्ण, वह साधारण स्त्री नहीं है। द्रुपदराज को अग्नि से प्राप्त अग्निकन्या याज्ञसेना है वह। उसकी संपूर्ण देह से चम्पा के फूलों-सी सुगन्ध आती है।

कर्ण : फिर भी वह कुरुओं का जीवन कैसे बदल सकती है?

दुर्योधन : याज्ञसेना मेरी बने, यह मेरी जीवन-भर की साध है।

कर्ण : उसको भी इससे अधिक सौभाग्यशाली जीवनसाथी कहाँ मिलेगा? कौन ऐसी स्त्री है जो कुरुओं की महारानी न बनना

चाहे ? स्वयंवर में जाने में कोई हानि नहीं।

दुर्योधन : समस्या यह है कर्ण कि स्वयंवर में मत्स्य यंत्र से बँधी मछली की आँख को सुचिबाण से बेधना है। वह भी सिर्फ उसकी परछाईं को देखकर···मैं गदा तो चला सकता हूँ, पर··· ।

कर्ण : तो क्या स्वयंवर में जाने का विचार त्याग दोगे !

दुर्योधन : तुम अस्वीकार कर दोगे तो फिर उपाय ही क्या है। मैं जानता हूँ कर्ण, इस पूरे आर्यावर्त में केवल तुम और अर्जुन ही ऐसा लक्ष्यभेद कर सकते हो। अर्जुन तो लाक्षाग्रह में जलकर भस्म हो चुका···अब यह काम तुम ही कर सकते हो। तुम्हें द्रौपदी को मेरे लिए जीतना है····कर्ण। ***(कर्ण का हाथ अपने हाथ में लेकर)***

कर्ण : ठीक है मित्र ! पितामह ने जिस तरह काशिराज की कन्याओं को जीतकर तुम्हारे पितामह विचित्रवीर्य को समर्पित किया था, उसी तरह मैं भी याज्ञसेना को तुम्हारे लिए जीतूँगा। यात्रा की तैयारी करो।

[दोनों का प्रस्थान]

[संगीत]

दृश्य नौ

[स्वयंवर का दृश्य। अनेक राजागण बैठे हैं। पाण्डव ब्राह्मणों के वेश में। कृष्ण, दुर्योधन और कर्ण भी प्रवेश करते हैं। धृष्टद्युम्न खड़ा है]

धृष्टद्युम्न : *(हाथ उठाकर)* आमंत्रित राजागण, मेरी बहन युवराज्ञी याज्ञसेना के इस स्वयंवर में आप सबका स्वागत है। प्रण यह है कि मंडप में ऊपर टँगी मछली का नीचे सरोवर में प्रतिबिम्ब देखकर शिव धनुष से जो वीर मछली की दायीं आँख का लक्ष्यभेद करेगा··· याज्ञसेना उसी वीर के गले में वरमाला डालेगी···।

[अनेक राजागण बारी-बारी उठकर जाते हैं। धनुष उठाने में ही असमर्थ होकर बैठ जाते हैं। कृष्ण मुस्कराते रहते हैं, कर्ण उठता है। कर्ण जैसे ही तीर को चलाने को होता है, द्रौपदी रोकती है]

द्रौपदी : ठहरिये। *(सारे लोग द्रौपदी की तरफ देखते हैं।)* आप मत्स्य भेद नहीं कर सकते हैं। आप क्षत्रिय नहीं हैं। किसी सारथी की पत्नी या पुत्रवधू बनना में स्वीकार नहीं करूँगी। मैं क्षत्रिय कन्या हूँ। क्षुद्र सारथी कन्या नहीं।

[कर्ण का भयंकर अट्टहास]

कर्ण : कर्ण हीन नहीं है, क्षुद्र नहीं है। उसकी इस प्रकार अवमानना मत करो। वह राजा है। स्वतन्त्र है। उसके कानों में प्रकाशमान

कुण्डल हैं। देह पर अभेद्य कवच है। वह श्रेष्ठ है।

[कर्ण निराश होकर धनुष रख देता है। इसी बीच अफरा-तफरी मच जाती है। कोई चिल्लाकर कहता है "उस ब्राह्मण कुमार ने लक्ष्यभेद कर दिया है। द्रौपदी ब्राह्मण कुमार के गले में माला डाल रही है।" इसी बीच लड़ाई छिड़ जाती है। अश्वत्थामा भागता हुआ कर्ण को भेजता है]

अश्वत्थामा : *(कर्ण से)* कर्ण, इस युद्ध में तुम्हारा पुत्र सुदामन...।

कर्ण : क्या हुआ सुदामन को ?

अश्वत्थामा : वह चिरशांति ले रहा है अंगराज। उसे अर्जुन ने मार डाला।

[कर्ण और अश्वत्थामा नेपथ्य की ओर दौड़ते हैं]

[शोक संगीत]

अश्वत्थामा : कर्ण, संसार भी एक प्रतियोगिता ही है और जीवन मन के असंख्य धागों से बुना हुआ अद्भुत रम्य धागों का एक वस्त्र है। ऐसा वस्त्र, जिसकी एक न खुल सकने वाली गाँठ होती है। प्रत्येक को अपनी वह गाँठ अपने हाथों से खोलनी पड़ती है।

कर्ण : अश्वत्थामन, यदि जीवन असंख्य गाँठों की गाँठ हैं तो मैं भी उसको स्वीकार करता हूँ...परन्तु उस गाँठ को मैं खोलूँगा नहीं। उसको मैं और अधिक कसूँगा।

गीत : बढ़कर विपत्तियों पर छा जा, मेरे किशोर मेरे ताजा।
जीवन का रस छन जाने दे, तन को पत्थर बन जाने दे।
तू स्वयं तेज भयकारी है, क्या कर सकती चिनगारी है ?

दृश्य दस

[पिछले दृश्य की समाप्ति पर पीछे-पीछे दुर्योधन सिर झुकाए पराजित-सा गुजरता है। सामने से वृषाली का प्रवेश। वृषाली दुखी है, लेकिन दुःख को अपने में ही रखे हुए थोड़ी तनकर चलती हुई आती है। दोनों एक-दूसरे को देखते हैं]

वृषाली : *(स्वगत)* पांचाली के विवाह का अंत युद्ध से हुआ। सुदामन···मेरा सुदामन इस युद्ध में मारा गया···सुदामन जब पैदा हुआ तो महाराज कर्ण बहुत प्रसन्न थे। लेकिन सुदामन को देखते ही उनके मुँह से बरबस ही निकला···इसे मेरी तरह कुण्डल और कवच क्यों नहीं मिले···? उनने तो तीर की नोक चुभाकर भी देखी कि इसे खून निकलता है या नहीं···और यह देखकर दुखी हो गये कि इसकी त्वचा उनकी तरह अभेद्य नहीं है···मेरा जब दूसरा पुत्र हुआ तो महारानी कुन्ती ने स्पष्ट कह दिया था कि वह सुन्दर होगा, लेकिन उसे कवच और कुण्डल नहीं मिलेंगे···महारानी कैसे जानती हैं कि ऐसा होगा? महारानी कुन्ती ने ही कहा था कि उसका नाम वृषसेन रखना···और वही नाम रखा गया···कर्ण वृषसेन को देखकर भी दुखी हुए···उन्हें बार-बार एक ही बात चुभती रहती···मेरे पुत्रों को मेरी तरह कवच और कुण्डल क्यों नहीं मिले···?

इस बीच काल का चक्र तेजी से घूमता रहा। कितना कुछ घट गया इस बीच! पाण्डवों के जीवित होने का समाचार मिला। और महान् कुरुओं का राज्य दो भागों में विभक्त हो गया···कर्ण इस विभाजन के पक्ष में नहीं थे···लेकिन राज्य का विभाजन हो गया···पाण्डवों को खाण्डव वन दे दिया गया···कुरुओं ने सोचा था कि उस भीषण वन में पाण्डव

अपना जीवन खो देंगे…लेकिन उल्टा ही हुआ…पाण्डवों ने अपने पुरुषार्थ से खाण्डव वन को स्वर्ग में बदल डाला…खाण्डव राज्य में हुए हवन में दुर्योधन बहुत अपमानित होकर लौटे… उनकी आँखों में तभी से खाण्डव राज्य काँटे की तरह चुभ रहा था…। और एक दिन वह घट गया जो सबसे दुर्भाग्यपूर्ण था…दुर्योधन शकुनि मामा की चाल में आ गया…हस्तिनापुर में द्यूत खेला गया…कर्ण नहीं चाहते थे…द्यूत में वे गये भी नहीं…बल्कि उन्हें जाने ही नहीं दिया गया…क्योंकि पाँसे जरासंध की हड्डियों से बनाये गये थे और महाराज कर्ण एक बार द्वन्द्वयुद्ध में उसे क्षमा कर चुके थे…कहते हैं कि इसीलिए कर्ण की आवाज से ही पाँसे थरथरा जाते थे…लेकिन द्यूत के बाद जो हुआ…उसमें कर्ण अपने को जाने से नहीं रोक पाये…अगर नहीं गये होते तो…अच्छा होता…द्रौपदी का जैसा अपमान हुआ, उसने तो सारी स्त्री जाति को ही अपमानित कर डाला है…सारा हस्तिनापुर क्षोभ में डूबा है…स्वयं कर्ण उस क्षोभ से नहीं उबर पाये हैं…अ यथा इतनी देर तक वे सोते न होते…सुबह सूर्योदय से पहले हा गंगा चले जाने वाले अभी तक अपने शयन कक्ष में ही हैं… ।

[बाहर से थाप की आवाज]

वृषाली : *(द्वार खोलती है)* आइये गुरुपुत्र।

कर्ण : *(प्रवेश करते हुए)* मैं जानता था आज तुम अवश्य आओगे इसीलिए अभी तक गंगा पर नहीं गया।

अश्वत्थामा : इतने अन्तर्यामी कब से हो गये तुम? बातों से मुझको बहलाओ मत। अभी भाभी ने बताया है कि तुम अर्द्धरात्रि के भी बाद लौटे हो। दुःख को थोड़ा कुशलता से छिपाना चाहिए कर्ण।

कर्ण : लेकिन यह तो बताओ, आज इतने सवेरे-सवेरे तुम कैसे आये?

अश्वत्थाना : आये बिना रहा न गया। आज सूर्योदय से पहले ही सारे पाण्डव पांचाली के साथ काम्यक वन की ओर चले गये।

कर्ण : कल की घटना के बाद भी क्या शकुनि मामा ने यह जिद की थी?

अश्वत्थामा : नहीं। वचन निभाने के लिए यह निर्णय तो स्वयं युधिष्ठिर का था। उन्हें लौटाने की बहुतों ने कोशिश की, लेकिन उन्होंने एक की न सुनी। युधिष्ठिर ने दुर्योधन से कहा कि आज से इन्द्रप्रस्थ का हमारा राज्य तुम्हारा है····और अपने राजवस्त्र उतारकर महाराज के चरणों में रख दिये।

कर्ण : यह सब क्या हो रहा है····अश्वत्थामन, मुझे समझ नहीं आ रहा है।

अश्वत्थामा : युधिष्ठिर को जाना ही था। यह उसकी जन्मजात विशेषता है। यही उसका स्वभाव है। सत्यप्रियता और संयम।

कर्ण : यह कैसा संयम है ? दिग्विजय से प्राप्त राज्य को पल-भर में फेंककर चलते बनो।

अश्वत्थामा : हाँ, यह केवल युधिष्ठिर ही कर सकता था। अगर उसके संयम को ही जानने की इच्छा है तो सभा में कल जहाँ युधिष्ठिर बैठा था उसके सामने का लौह चरणासन जाकर देखो।

कर्ण : क्या है उस चरणासन में ?

अश्वत्थामा : भीम को रोकने के लिए युधिष्ठिर ने चरणासन पर अपने दाएँ पैर का अँगूठा दबाया था, उससे उस लोहे के चरणासन में गड्ढा बन गया है।

कर्ण : अँगूठे से गड्ढा !

अश्वत्थामा : हाँ। राजमाता कुन्ती जानती है कि युधिष्ठिर में कितना संयम है। इसीलिए उसने चारों पाण्डवों को कह रखा था कि युधिष्ठिर के पाँव के अँगूठे को देखकर ही कोई निर्णय लें। अगर युधिष्ठिर अँगूठा उठा लेते तो पाण्डव बिजली की तरह टूट पड़ते।

कर्ण : तो फिर उसने पाँव का अँगूठा उठाया क्यों नहीं ?

अश्वत्थामा : युधिष्ठिर अगर ऐसा करता तो वह स्वयं नीचे गिर जाता। माँ की दृष्टि से वह विश्वासघाती बनता।

कर्ण : तुम कहना क्या चाहते हो····कि पाण्डव कल सबको धूल चटा देते ?

अश्वत्थामा : यह तो नहीं कहता, पर भीम ने जरूर दुःशासन का वध कर

दिया होता। उसने क्रोध को दबाने के लिए अपने सिंहासन का हत्था मोड़ डाला था····तुम चाहो तो उसे जाकर देख सकते हो।

कर्ण : क्या कल की घटना के लिए तुम्हारे मन में मेरे प्रति घृणा है अश्वत्थामा?

अश्वत्थामा : नहीं। हाँ, एक बात का दुःख अवश्य है।

कर्ण : क्या इसलिए कि मैंने द्रौपदी को कुलटा कहा?

अश्वत्थामा : नहीं। यदि तुम यह नहीं कहते तो हस्तिनापुर कभी न जान पाता कि द्रौपदी कितनी असाधारण स्त्री है। आज तो द्रौपदी विकर्ण द्वारा बतायी गयी देवयानी, गिरजा और सुदक्षिणा आदि महारानियों से भी अधिक वंदनीय हो गयी है। मेरा दुःख द्रौपदी के लिए नहीं····तुम्हारे लिए है कर्ण····तुम्हारे लिए····

कर्ण : क्या इसलिए कि मैंने अपना संतुलन खो दिया?

अश्वत्थामा : नहीं इसलिए कि नगरजनों ने तुम्हारे बारे में अपना संतुलन खो दिया है। दुर्भाग्यपूर्ण यह है कि हस्तिनापुर के नगरवासी आज मान बैठे हैं कि द्यूत में तुम भी शामिल थे। बल्कि यह कि उस सारे षड्यन्त्र के तुम केन्द्र-बिन्दु थे।

कर्ण : *(चीखकर)* यह असत्य है····असत्य है। मैंने जरासंध को द्वन्द्व युद्ध में क्षमा न दी होती तो आज यह सब कुछ नहीं होता। लेकिन मैं क्या करता, शरण में आये शत्रु पर दया करना मेरा स्वभाव है। मैं तुमसे एक बात पूछना चाहता हूँ कि अश्वत्थामा····क्या मैं जाकर पांचाली ने क्षमा माँग लूँ तो पाण्डव लौट आयेंगे?

अश्वत्थामा : नहीं, अब यह संभव नहीं।

कर्ण : जाते समय युधिष्ठिर ने तुमसे कुछ कहा था?

अश्वत्थामा : उसने तो कुछ नहीं कहा, लेकिन मैंने उसके नंगे पैरों को देखकर कहा था कि तुम्हारे पैरों में भी कर्ण की तरह अभेद्य त्वचा होती तो वन का मार्ग सहज हो जाता····। चलता हूँ कर्ण, तुम्हें तो सभा में जाना होगा····।

[दोनों का प्रस्थान]

दृश्य ग्यारह

[सभाभवन का दृश्य। धृतराष्ट्र, दुर्योधन, विदुर और कर्ण तथा अन्य मंत्रीगण बैठे हैं। भीष्म उत्तेजित-से राजदण्ड लिये हुए खड़े हैं]

वृषवर्मा : आज की यह सभा पितामह ने बुलाई है। कुरु योद्धाओं को वे भावी संकट की चेतावनी देना चाहते हैं। योद्धागण आज उनकी बात को पूरे ध्यान से सुनें। इस राजसभा में वे सबसे ज्येष्ठ हैं। वृद्धों के वचन····चाहे वे कभी बहुत कड़वे हों····चुभने वाले हों····पर वे ओषधि की तरह होते हैं। इसलिए मैं सभी सभासदों से आग्रह करता हूँ कि उनकी बात को बहुत धीरज और शान्ति के साथ सुना जाये और उस पर विचार किया जाये···· ।

भीष्म : वीरो, अपने जीवन में यह पहली ही सभा मैंने आमंत्रित की है। हो सकता है यह अंतिम भी हो। प्रजा का भविष्य उसके राजा पर अवलम्बित होता है। आज जिस दुर्भाग्य ने हमें आ घेरा है, इसके लिए किसे दोष दूँ ? समझ नहीं आता। दुर्भाग्य से हमारा अन्धा राजा सत्ता के लोभ में आँख वाला बन गया है। पुत्र मोह ने उसे बौरा दिया है····मैं पूछता हूँ, धृतराष्ट्र की आँखें कब खुलेंगी···· ? उसका पुत्र दुर्योधन कब राज्य के नियमों का पालन करना सीखेगा ? इस सभाभवन में द्रौपदी के साथ जो हुआ, वह कौन-सा पुरुषार्थ था ? द्यूत के पाँसों से पाण्डवों के राज्य को हड़प लेना और उन्हें वन-वन भटकने को छोड़ देना

कौन-सा राजधर्म है? इस पर भी दुर्योधन शान्त नहीं है। कल ही यह दुर्योधन जिस तरह द्वैतवन से जीवित बचकर आये····। किसके कारण? अर्जुन के कारण···कर्ण के कारण नहीं। कर्ण युद्धभूमि से भाग खड़ा हुआ। आज दुर्योधन जिस कर्ण पर अभिमान कर रहे हैं। वह अर्जुन के पासंग मैं नहीं। कौरव और पाण्डव जब तक मिल-जुलकर नहीं रहते, इस राज्य को नहीं बचाया जा सकता। मेरा कहना है, पाण्डवों को मनाकर वापस बुला लिया जाना चाहिए। दुर्योधन! तुम हमारे सारे महारथियों को मृत्यु के महानद की ओर धकेल रहे हो। भीम को विष देने की कोशिश तुमने की। वारणावत में कुन्ती सहित पाण्डवों को जला डालने की कोशिश तुमने की। राज्य माँगने वाले पाण्डवों को खाण्डव वन देने की चाल तुमने चली। शकुनि के पाँसों से आये इस महाविनाश के लिए दोषी तुम हो। द्रौपदी को नंगी जंघा दिखाने वाले गदावीर तुम हो। राजमाता कुन्ती को कलंकित कहकर राजसभा में ठठाकर हँसने वाले तुम हो···तुम हो दुर्योधन। अगर द्यूत कर्म से ही अपना पुरुषार्थ सिद्ध करना है तो कुरुवंश का यह राजदंड किसी काम का नहीं। मैं शान्तनु का पुत्र भीष्म इसे फेंक देता हूँ····।

कर्ण : *(चीखकर)* मैं पराक्रम-शून्य नहीं हूँ। मैंने युद्ध से पलायन नहीं किया था। युद्ध में प्राप्त विजयों की संख्या ही यदि पराक्रम का प्रमाण है तो मैं सूतपुत्र राधेय कर्ण समस्त आर्यावर्त में इस राजदण्ड को घुमाकर अजेय बना दूँगा। वर्षा ऋतु के समाप्त होते ही मैं इस राजदण्ड को लेकर इस नगर से बाहर निकल जाऊँगा। ऐसी दिग्विजय करूँगा, जैसी इतिहास में पहले किसी ने न की हो। यशस्वी होकर ही हस्तिनापुर लौटूँगा, अन्यथा प्राण त्याग दूँगा। एक बात मैं स्पष्ट कह दूँ कि विजय से उन्मत्त होकर मैं श्रीकृष्ण के मथुरा और द्वारिका दो राज्यों पर आक्रमण नहीं करूँगा। इसके बाद आज से कोई अर्जुन और कर्ण की

तुलना करने की कोशिश न करे।

[राजदण्ड उठा लेता है]

श्रीकृष्ण के बिना अर्जुन एक टूटा हुआ खड्ग है। दुर्योधन पर आरोप लगाते समय पितामह भूल गये···किस तरह बचपन में ही चार-चार कुरु पुत्रों को जलक्रीड़ा के बहाने भीम ने डुबाकर मार देने की कोशिश की। राजसूय यज्ञ में युवराज दुर्योधन को पशुओं की गणना में लगाते समय उनकी न्यायप्रियता कहाँ गई थी? "अंधे पिता के पुत्र भी अंधे होते हैं।" कहने वाली द्रौपदी को क्या वे नहीं जानते? अब कौरवों और पाण्डवों का मिलना उतना ही असंभव है जितना रात और दिन का मिलना।

दुर्योधन : *(एकाएक खड़े होकर)* दिग्विजय पर जाने वाले मेरे परमप्रिय मित्र अंगराज कर्ण के पीछे कुरुओं की चार अक्षौहिणी सेना साथ रहेगी···इसके साथ ही यह सभा विसर्जित होती है।

[सबका प्रस्थान। कर्ण खड़ा रहता है। वृषाली आकर उसे तिलक करती है। कर्ण का प्रस्थान। दूसरी ओर से शोण का प्रवेश। वृषाली को प्रणाम करता है। वृषाली का प्रस्थान। सेना के जाने का दृश्य। झण्डे/शस्त्र/घोड़े पर सवार]

दृश्य बारह

शोण : *(स्वगत)* वर्षा ऋतु बीतते ही वसु भैया···अब तो सभी उन्हें अंगराज कर्ण कहने लगे हैं···लेकिन मैं, माँ कभी कर्ण कह दें तो तत्काल टोक देते हैं···वसु कहो···। वसु भैया दिग्विजय पर निकल पड़े···उनका सारथी मैं था···मेरे अलावा उनका सारथी और हो भी कौन सकता था···मेरे लिए तो संसार वसु भैया और भाभी के अलावा कभी कुछ रहा ही नहीं···मैं वस्तुतः उनकी छाया ही था···एक-एक कर अनेक राजाओं को हम जीतते गये···कुछ ने तो पहले ही, बिना युद्ध के समर्पण कर दिया···कुछ जगहों पर अवश्य घमासान युद्ध हुआ···दिग्विजय पर चलते हुए गुरुपुत्र अश्वत्थामा ने कहा था···कर्ण, मुझे विश्वास है तुम अवश्य ही जयी होकर लौटोगे···। सच कहूँ···मुझे पहले तो लगता था कि वसु भैया मात्र एक भावुक योद्धा हैं···अजेय योद्धा···लेकिन रण कौशल के अलावा उन्हें रणनीति और व्यावहारिकता का ज्ञान नहीं है···लेकिन इस महाभियान में उनकी तीक्ष्ण बुद्धि ने जो कौशल दिखाये उसने मुझे कई बार चमत्कृत कर डाला···विराट् अभयारण्यों में जब लगता कि अब यहाँ से निकलने का कोई रास्ता ही न मिलेगा···और हमें लौटना पड़ेगा···पर हम एक बार भी पीछे नहीं लौटे···मस्त हाथियों से जंगलों को साफ करवाकर उनसे रास्ते बना लिये···और अन्ततः वसु भैया की यह प्रतिज्ञा भी पूर्ण हो गई···सारे हस्तिनापुर में खुशियों की लहर दौड़

गई⋯सारा नगर जयतु जय कर्ण⋯के जयघोषों से गूँज उठा⋯।

[अंगराज कर्ण⋯जयतु जय जय⋯के नारे सुनाई पड़ते हैं। नगरवासी रंग-बिरंगे झंडे ले-लेकर नाचते-गाते और ढोलक-मंजीरे बजाते मंच पर आते हैं। एक ओर से कर्ण और उसके अंगरक्षक तथा शोण का प्रवेश। दूसरी ओर से दुर्योधन आकर कर्ण को गले लगाता है। अश्वत्थामा आकर कर्ण को गले से लगाता है। वह आज सिर पर गुलाबी कपड़ा बाँधे है। दिग्विजयी सेनापति कर्ण की जय]

अश्वत्थामा : देखो कर्ण, आज तुम्हारे जैसे दिग्विजयी योद्धा का स्वागत करने के लिए मैंने अपने सिर पर बँधे कपड़े का पहली बार रंग बदल दिया है।

[पितामह दो-तीन अंगरक्षकों के साथ आते हैं। कर्ण पितामह के पैर छूता है। पितामह उसे उठाते हैं]

पितामह : जयतु कर्ण जयतु!

[वृषाली और अन्य स्त्रियाँ आकर कर्ण की आरती उतारती हैं]

कर्ण : *(घोषणा करते हुए)*

[धीरे-धीरे सारे लोग चले जाते हैं]
[शकुनि, दुर्योधन, कर्ण, शोण रह जाते हैं। दो सैनिक दो चौकियाँ रखते हैं और चषक सोमरस के लिए]
[कर्ण, शकुनि, दुर्योधन सोमरस पान करते हैं]
[थोड़ी देर बाद]

शकुनि : *(पाँसा खेलने का अभिनय करते हुए)* कर्ण, तेरी जैसी पचासों दिग्विजयें में इन पाँसों से करके दिखा दूँगा। क्या कहा पाँच⋯ पाँच तो पाँच।

दुर्योधन : *(उठकर)* अंगराज, तुम्हारा दिग्विजय व्यर्थ है। अर्जुन अजेय

है····उसको तुम कैसे जीतोगे? केवल अर्घ्य देने से क्या लाभ? अर्जुन····अर्जुन!

कर्ण : दुर्योधन! युवराज कहलाने वाले मदान्ध, मद्य पिओ। *(प्रतिज्ञा)* मैं अंगराज कर्ण आज से प्रतिज्ञा करता हूँ कि जब तक अर्जुन का वध नहीं कर लूँगा तब भूलकर भी मद्य नहीं पीऊँगा *(गांग)* मांस नहीं खाऊँगा। इतना ही नहीं, क्योंकि उसके रक्त से ही पैर धोने हैं, इसीलिए तब तक पैर नहीं धोऊँगा। दुर्योधन, यदि तुम्हें मेरी दिग्विजय और सूर्याराधना पर्याप्त न लगती हो तो मैं अब भविष्य में दान-धर्म से अपने पुष्यों की कमी दूर कर दूँगा *(दृढ़ता से)* आज से कोई भी याचक अंगराज के द्वार से रिक्त हाथ वापस नहीं जायेगा। जब तक देह में प्राण हैं। *(गांग)*

[तेजी से चला जाता है]

[शोण भी जाता है]

गीत : तब कहते हैं बात हटकर प्रत्यक्ष सभा से—

[इस बीच नगरवासी गाते-बजाते हैं। एक गीत गाते हैं]

[सभी जयतु जय कर्ण]

[कर्ण और शोण खड़े हैं। उनके आगे से दो-तीन चक्कर लगाकर नगरवासी निकल जाते हैं। इसके बाद नगरवासी एक-एक बार दान लेते जाते हैं। कर्ण दान देता जाता है। कर्ण और शोण बचते हैं]

कर्ण : *(शोण से)* कल रात मैंने स्वप्न में देखा कि स्वयं इन्द्र मेरे द्वार पर याचक के रूप में खड़े हैं। जानते हो, साक्षात् सूर्यदेव से मेरी बातचीत हुई····।

शोण : भैया, स्वप्न आवश्यक नहीं कि सत्य हो।

कर्ण : लेकिन मुझे लगता है कि यह सत्य होगा।

शोण : क्या माँगने चले हैं?

कर्ण : अर्जुन के लिए कवच-कुण्डल।

शोण : नहीं भैया, यह दान तुम कभी मत देना। चलो। अब तो कोई याचक नहीं बचा… अगर स्वप्न सत्य होता तो किसी को तो आना ही था… चलो अब… अंदर चलो…

[इसी बीच एक वृद्ध ब्राह्मण आता है। कर्ण और शोण दोनों रुकते हैं]

शोण : आइये महाराज, जल्दी कीजिये… दान का समय समाप्त हो रहा है।

कर्ण : कहिये ब्राह्मण, आपको क्या दूँ… धन, धेनु, धरती, धाग… क्या चाहिए आपको?

बूढ़ा : कर्ण, तुम दानवीर हो, तुम्हारा यश सुनकर मैं बहुत दूर देश से आया हूँ। मुझे यह सब, जो तुमने कहा, नहीं चाहिए… ।

कर्ण : तो आप कहें कि मैं क्या दूँ? क्या आप चाहते हैं कि मैं आपका दास बन जाऊँ?

ब्राह्मण : यह तुम्हारा मिथ्या दंभ है। तुम्हारी कीर्ति कलंकित न हो… इसलिए अच्छा है कि मैं लौट जाऊँ।

कर्ण : सागर के द्वार से मेघ विमुख हो लौट जाये, यह तो संभव है; पर कर्ण के द्वार से याचक वापस नहीं जा सकता। आप माँगिये। मैं इस मस्तक को भी आपको चरणों में रख दूँगा।

ब्राह्मण : दानवीर कहलाने वाले कर्ण, यदि दानवीरता पर तुम्हें इतना ही अभिमान है तो दे दो अपने कवच-कुण्डल का दान… ।

कर्ण : ***(प्रसन्न होकर)*** देवराज इन्द्र, इस साधारण सूतपुत्र कर्ण के द्वार पर आप! एक बूढ़े ब्राह्मण के वेश में! मैं कहाँ हूँ, धरती है या स्वर्ग? वह स्वप्न है या सत्य? शोण, हमारी दिग्विजय का अर्थ आज पूरा हुआ… चारों दिशाओं से ऊपर एक पाँचवीं दिशा होती है, वह भी आज पराजित हुई… इस कवच और कुण्डल को तो आज, देवराज, आपकी झोली में डाल ही दूँगा, लेकिन एक बार यह तो कहिये कि आप इसे लेना क्यों चाहते हैं… ? बोलिये महेन्द्र, स्तब्ध क्यों हैं?

शोण : *(चिल्लाकर)* नहीं वसु भैया! यह दान नहीं, छल है...यह दान मत दो...मत दो। कवच-कुण्डल मत दो। इतनी भिक्षा मुझे दे दो।

कर्ण : हट जाओ शोण...*(अपना कवच-कुण्डल निकालकर देता है)*

शोण : भैया!

[इन्द्र कवच खींचकर लयात्मक गतियों में निकलता है। संगीत]

ब्राह्मण : तुम धन्य हो कर्ण, धन्य हो। मैं एक अमोघ अस्त्र तुम्हें देता हूँ। वैजयन्ती अस्त्र! जयतु दानवीर कर्ण।

सारे नागरिक : दानवीर कर्ण...जयतु जय जय जय!

[कर्ण और ब्राह्मण का प्रस्थान]

गीत : दानवीर जय हो, महिमा का गान सारे जन गायें,
गायें देव और नर दोनों ही तेरा चरित्र अपनायें।
दे अमोघ शर दान सिधारे देवराज अम्बर को,
व्रत का अंतिम मूल्य चुकाकर गया कर्ण निज घर को।

दृश्य तेरह

[कर्ण और ब्राह्मण के चले जाने के बाद सारे नगरवासी और शोण आपस में बातें करते हैं। सारे सैनिक ही नगरवासी बनते हैं]

नागरिक एक : सुना तुमने, यादवराज कृष्ण आने वाले हैं हस्तिनापुर।

नागरिक दो : दूत बनकर⋯पाण्डवों के दूत बनकर⋯ ।

नागरिक तीन: कृष्ण उनके सगे हैं⋯ ।

नागरिक चार : कृष्ण अगर पाण्डवों के रिश्तेदार हैं तो क्या कौरवों के नहीं हैं।

नागरिक एक : हैं तो सही, पर महारानी कुन्ती उनकी बुआ हैं।

नागरिक दो : कृष्ण ही अब युद्ध से बचा सकते हैं, वरना तो युद्ध होकर ही रहेगा⋯ ।

नागरिक तीन : युद्ध हुआ तो बहुत बुरा होगा⋯युद्ध से भला आज तक किसका भला हुआ है।

नागरिक चार : युद्ध से ज्यादा बुरा क्या होगा⋯ ।

नागरिक एक : युद्ध से बुरा और होता भी क्या है⋯राजाओं की लड़ाई में नागरिक जबरन ही बलि चढ़ते हैं। आपस में व्यर्थ की घृणा पैदा होती है। ऐसी घृणा, जो बरसों तक फिर न मिटे⋯काँच में पड़ी दरार है युद्ध⋯ ।

नागरिक चार : सच कहते हो भाई⋯भगवान् कृष्ण का ही एक भरोसा है⋯ ।

नागरिक दो : उनकी बात कोई सुनेगा तब न !

नागरिक एक : ऐसी बातें अभी कम करो⋯इस समय यूँ ही तनाव है। हर अच्छी बात भी आदमी उल्टी ही समझता है⋯ । चलो अब

यहाँ से।

[सबका प्रस्थान]

वृषवर्मा : हस्तिनापुर का सौभाग्य है कि यादवराज कृष्ण आज हमारे बीच पधारे हैं। अब यादवराज भगवान् श्रीकृष्ण अपने आगमन का प्रयोजन स्वयं ही बतायेंगे। सभी कुरु उनकी बातों पर गम्भीरता से विचार करें।

कृष्ण : कर्ण, भीष्म, राजा धृतराष्ट्र, द्रोण, शकुनि, दुर्योधन आदि सभाजन···मैं आज न तो यादवराज के रूप में आया हूँ, न पाण्डवों के फुफेरे भैया के रूप में। न्याय पक्ष के एक पक्षधर के रूप में मैं इस पुरातन राजसिंहासन से न्याय माँगने आया हूँ···जो कुछ पिछले दिनों घटित हो चुका है उसे दोहराने की आवश्यकता अब नहीं है···पिछली सारी बातों को भुलाकर, हे राजा धृतराष्ट्र, पाण्डवों को उनका आधा राज्य देकर भावी विध्वंस को रोक लो···बोलिये राजन, क्या आप इस बात के लिए तैयार हैं?

दुर्योधन : *(अचानक गरजकर)* मैं बताता हूँ कुरु योद्धाओं का निर्णय··· पाण्डवों को आधा राज्य नहीं मिलेगा···वे महाराज पाण्डु के पुत्र हों, तब भी नहीं···राज्य का ऐसा विभाजन···कल इस राज्य का और अधिक विभाजन कर डालेगा।

कृष्ण : अगर आधा राज्य नहीं देते हो तो कम से कम खाण्डव वन में उन्हीं के द्वारा निर्मित इन्द्रप्रस्थ ही उन्हें लौटा दो।

दुर्योधन : नहीं, उस राज्य को वे द्यूत में गँवा चुके हैं। वह तो उन्हें कभी वापस नहीं मिलेगा।

कृष्ण : सहारे के लिए क्या उन पाँच भाइयों को इस विशाल हस्तिनापुर राज्य के पाँच गाँव ही देने को तुम तैयार हो?

[सारे सभासद कानाफूसी करते हैं]

दुर्योधन : *(गरजकर)* नहीं···नहीं···नहीं···पाँच गाँव तो क्या, बिना युद्ध के उन्हें सुई की नोक पर टिके धूल कण के बराबर भी जगह

नहीं मिलेगी। मैं तो उन धूल कणों को भी तुम्हारे पाँवों से झड़वा लेता जो तुम पाण्डवों के पास अपने पैरों से साथ ले जाना चाहते हो''''लेकिन मैं नहीं चाहता कि मेरे सेवकों के हाथ तुम्हारे गंदे पाँवों को छूकर गंदे हों''''जाओ अपने इस संधि प्रस्ताव के चिथड़ों को लेकर हस्तिनापुर की सीमा से बाहर चले जाओ, वरना'''' ।

कृष्ण : ***(क्रोध में)*** दुर्योधन !

दुर्योधन : ***(क्रोध में)*** सारी उथल-पुथल के इस मूल कारण''''इस ग्वाले को आज मैं अवश्य ही बन्दी बनाऊँगा। मथुरा के कारागृह में जन्म लेने वाले इस ग्वाले को कुरुओं के कारागृह में ही नष्ट हो जाना चाहिए'''' ।

कर्ण : ***(गुस्से और क्षोभ में)*** दुर्योधन, तुम होश में तो हो''''किसे बन्दी बनाने के स्वप्न देख रहे हो तुम'''' ?

कृष्ण : कर्ण ! इससे कहो कि हस्तिनापुर में जितनी भी जंजीरें हों, मँगवा ले और मुझे बन्दी बनाकर दिखाये'''' । कर्ण, आओ और मेरे साथ चलो'''' ।

[सभी अवाक-से देखते रहते हैं। फिर सबका प्रस्थान]
[कृष्ण कर्ण को लेकर आगे बढ़ते हैं]

कृष्ण : ***(कर्ण से एकांत में)*** कर्ण, एक प्रचण्ड आघात देने वाले सत्य को कहने के लिए मैं तुम्हें लेकर आया हूँ। मैं जो कह रहा हूँ उसे ध्यान से सुनो। कर्ण, तुम सूतपुत्र नहीं हो। राधा और अधिरथ के पुत्र नहीं हो''''मैं जो कह रहा हूँ वह एक दहकता सत्य है। तुम''''तुम राजमाता कुन्ती के प्रथम पुत्र हो। उस साक्षात सूर्यदेव के तेजपुत्र हो तुम''''कर्ण तुम कौन्तेय हो। तुम पाण्डवों के भाई हो'''' ।

कर्ण : अगर यह सच है तो मैं कुन्ती देवी से दूर क्यों हूँ''''पाण्डवों से अलग क्यों हूँ ?

कृष्ण : यह एक लम्बी कथा है कर्ण !

[संगीत और दोनों बातचीत का अभिनय करते हैं]

कृष्ण : चलो कर्ण…पाण्डव स्वयं तुम्हारा राज्याभिषेक करेंगे…दुर्योधन के गलत पक्ष में मत रहो। वह अन्याय का पक्ष है।

कर्ण : हृषिकेश, क्या तुम यशोदा माता का त्याग कर सकते हो? मैं कैसे राधा माता को छोड़ दूँ! इस अभागे कर्ण को क्षमा कर दो यादवराज। मैं अब दुर्योधन का पक्ष नहीं छोड़ सकता। यह विश्वासघात मैं नहीं करूँगा। एक ही प्रार्थना है, पांडवों को यह कभी मत बताना कि मैं उनका ज्येष्ठ भाई हूँ…वे मुझसे लड़ नहीं पायेंगे। ***(जाते हुए कृष्ण को रोककर)*** ठहरो माधव, ठहरो…आज मैं एक चीज तुमसे माँग रहा हूँ…मेरा एक कार्य कर सकोगे?

कृष्ण : कहो, कैसा कार्य है राधेय?

कर्ण : द्रौपदी से कहना…कहना उस पांचाली से कि हो सके तो मुझे क्षमा कर दे…। मैं पश्चात्ताप की अग्नि में जलता रहा हूँ…कहना, कर्ण को क्षमा कर दे।

[कृष्ण का प्रस्थान]

कर्ण : मैं कौन हूँ…। मैं सूतपुत्र हूँ…मैं सूर्यपुत्र हूँ…मैं कौन्तेय हूँ…मैं क्या हूँ?

[प्रस्थान]

नेपथ्य से : कौतेयस्त्वं न राधेयो न तपाधिधः पिता
नासि सूत कुले जातः कर्ण नट् विद्धि मे वचः
कानीनस्तवं भया जातः पूर्वजः कुक्षिणा धूतः
कुन्तिराजस्य भवने पार्थस्त्वमसि पुत्रक।

[कुन्ती-कर्ण आमने-सामने हैं]

कर्ण : राधेय सूतपुत्र आपको वंदन करता है वन्दनीय राजमाता। ***(घुटनों पर बैठता है)***

कुन्ती : कर्ण, उठ…उठिये। ***(भुजा पकड़कर उठाती है)***

कर्ण : मेरे लिए आदरसूचक सम्बोधन मत कीजिए राजमाता। मैं सौभाग्यशाली नहीं हूँ, नहीं तो आपके भी राजरथ की रास हाथ में लेकर आपकी सेवा करता।

कुन्ती : कर्ण—आप मत कहो—कृष्ण ने सब बता दिया है। पुत्र—तुम जानते हो कि मैं कौन हूँ। तुम अच्छी तरह जान गये हो कि तुम कौन हो। मेरी आँखों के आँसू कम से कम तुम्हें परिचित लगते हैं या नहीं।

कर्ण : आँसू ! धधकते हुए हृदय की ज्वालाएँ आँसुओं से बुझा नहीं करतीं। यदि तुम अपना रक्तरंजित कपाल भी मेरे सामने लाओगी तो मैं अब पहचान नहीं पाऊँगा। मैं भला कौन और क्या हूँ ? तुम राजमाता हो।

कुन्ती : कर्ण, अपनी माता को राजमाता कहकर उसके वृद्ध मन पर धधकता अंगार मत फेंको। पुत्र, आओ, मुझे आलिंगन दो।

कर्ण : माता ! माता कहलाने वाली निर्दयी स्त्री, तेरा हृदय इतना कठोर पाषाण है कि धधकता अंगार भी बुझकर राख हो जाये। तू माता कहलाने का कौन-सा अधिकार जताने बिना संकोच मेरे सामने आई ? तेरे मातृत्व में ज्वार क्यों आया ? नात की दिखावटी ढाल। जा, पाण्डवों की पराक्रमी पंचवटी में रमण कर। पर्णकुटी में व्रत-पूजा कर। कृष्ण को भात परोसकर कह, अधिरथ पुत्र उन्मत्त हो गया है। भीम की गदा से उसका सिर कुचलना होगा। जिसे तूने त्यागा, वही आज तेरे बालकों का काल बन रहा है। मैंने जो जीवन-भर किया, क्षण-भर करके दिखा। जा कर्ण तेरा पुत्र नहीं—तू उसकी माता नहीं। शत्रु भी न दे ऐसा असभ्य दण्ड।

कुन्ती : पुत्र, कौरवों के साहचर्य में रहकर तुम भूल जाते हो कि अपने महान् दुःख सहने के लिए देव ने तुम्हें सुदृढ़ पुरुष हृदय दिया है। पर मैं ! पुत्र, तुम्हारे और मेरे लिए सफलतापूर्वक जीने का कोई दूसरा मार्ग नहीं था। आज भाइयों को भाई के विरुद्ध खड़ा देख क्या कोई माँ पागल हुए बिना रह सकती है ?

कर्ण : इन्द्र को आगे कर मेरा कवच-कुण्डल लूटने वाले तेरे पुत्र⋯ सुदामन, शोण की बलि लेने वाला अर्जुन। सूतपुत्र कहकर ठुकराने वाली तेरी स्नुषा। महाबांटू में ढकेलने वाली तुम। तुम सभी लोग यदि आज पुनः बंधु, पति और पुत्र स्वीकार करने को तैयार हो तो सचमुच ही तुम बहुत ढोंगी हो। झूठे प्रेम की ढाल इस कर्ण के सम्मुख व्यर्थ ही मत रख।

कुन्ती : कहो, यदि मैं चिल्ला-चिल्लाकर हस्तिनापुर के चौराहों पर यह कहूँ कि तुम मेरे पुत्र हो, तभी क्या तुम्हें मेरे मातृत्व पर विश्वास होगा? बोलो, तुम्हारी इच्छा हो तो मैं तैयार हूँ।

कर्ण : पर संसार इसे मानने को तैयार नहीं। आज ठीक अवसर पर कहनी-अनकहनी कहकर तूने मुझे पूरा मार डाला। जाओ राजमाता, केवल पुत्र को जन्म देने से कोई स्त्री माता नहीं बन जाती। यदि याचक बनकर न आयी हो तो शीघ्र ही यहाँ से दूर चली जा।

कुन्ती : नहीं। मैं जाने के लिए नहीं आई हूँ। पुत्र, तुम दुर्योधन की ओर से मत लड़ो। अपने दाहक पराक्रम से अपने ही बंधुओं को दग्ध मत करो। ***(जाने लगती है)***

कर्ण : ठहरो! बताओ तुम क्या चाहती हो? दुर्योधन का पक्ष न छोड़ते हुए मैं तुम्हारे लिए क्या करूँ?

कुन्ती : मेरे पाँच पुत्रों को अभय दो। मुझको⋯इतना दान दो।

कर्ण : दिया! यह अभय कर्ण तुम्हें देता है। युद्ध में मैं अर्जुन के सिवाय किसी का वध नहीं करूँगा। यदि वो मारा गया तो मेरे समेत पाँच पुत्र जीवित रहेंगे। यदि मैं मारा गया तो भी तुम्हारे पाँच पुत्र ज्यों के त्यों जीवित रहेंगे ही। ध्यान रखना, यह दान है। परन्तु स्मरण रखना, कर्ण क्या चाहता है, तुम नहीं जान सकी। हस्तिनापुर का कोई भी व्यक्ति कभी नहीं जान सका। यदि मेरी ही मृत्यु की नींव पर पाण्डवों का जीवन टिक सकता है तो नींव का पत्थर बनना भी मैं स्वीकार करता हूँ। समय निर्णय करेगा कि तुम्हारा सर्वश्रेष्ठ पुत्र कौन है।

कुन्ती : पुत्र, धन्य हो। निश्चय ही तुम सर्वश्रेष्ठ हो। कर्ण, एक बार मेरी बाँहों में आ जाओ। एक बार मुझे माता कहकर पुकार लो।

कर्ण : नहीं, यह अधिकार केवल राधा माता का है।

[थोड़ा रुककर, जाने लगती है]

कर्ण : माता, ठहरो। माता, अपने इस कर्ण को क्षमा कर दो। आज तुम्हारा प्रथम पुत्र तुम्हें पुत्र रूप में पहली बार वंदन करता है। ***(संगीत)*** कदाचित यह अंतिम भी हो।

कुन्ती : उठ ***(मस्तक पर हाथ फेरती है)*** कितना···कितना लम्बा हो गया है रे तू, मुझसे भी अधिक !

कर्ण : चलता हूँ।

[गाना]

दृश्य चौदह

[युद्ध का संगीत। नगरवासी आते हैं। तेजी से इधर-उधर दौड़ते हैं। हलचल। बुदबुदाते हैं]

नगरवासी : शुरू हो गया युद्ध···शुरू हो गया युद्ध··· ।

एक नगरवासी : शुरू हो गया फिर महासमर···
शुरू हो गया फिर महासमर···
गिर जाते हैं एक-एक कर महारथी सब
हर दिन आता है कुछ और अधिक आँसू लेकर
कुछ और अधिक···चीत्कारें···
बीत रहा है एक-एक दिन
और अधिक काली होती जाती हैं रातें···
कोई नहीं है···कोई नहीं है···कोई नहीं है···

नेपथ्य से : *(चीखकर)* महाराज, सुनें···महाराज···पितामह का पतन हो गया···शिखण्डी की आड़ लेकर अर्जुन ने पितामह को बाणों की शय्या पर लिटा दिया···पितामह का पतन हो गया···

[कर्ण युद्ध कवच पहनता है। युद्ध के लिए प्रस्थान करने को बढ़ता है। दुर्योधन आकर तिलक करता है]

दुर्योधन : अब तुम ही कुरु सेना के सेनापति हो !

[वृषाली आती है। तिलक करती है। आरती करती है। धनुष देती है। कर्ण सेनापति की तरह आगे बढ़ता है। युद्ध का भयंकर संगीत। एक ओर से कृष्ण का आगमन। कर्ण को देखते हुए। कर्ण कृष्ण को देखते हुए प्रस्थान करता है]

दृश्य पन्द्रह

कृष्ण : *(स्वगत)* जिन महान् सपनों को मनुष्य ने देखा था…जिन अविष्कारों को मनुष्य के हाथों ने किया था…कितनी सुंदर…कितनी भव्य चीजें उसने अपनी शक्ति और कल्पना से रची थीं…लगता है युद्ध उन सबको…सबको लील जायेगा…मैंने कौरवों और पांडवों के बीच एक महायुद्ध को प्रज्वलित कर डाला…क्या मैं एक पाषाणहृदय…व्यक्ति हूँ…नहीं…ऐसा ही मेरा लक्ष्य होता तो यह काम कठिन नहीं था…यह नियति नहीं है…लेकिन इसे टाला भी नहीं जा सका… । पितामह के पतन के बाद…सूर्यपुत्र कर्ण ही सेनापति है…कौन नहीं जानता कि कर्ण से बड़ा योद्धा कोई नहीं…स्वयं भीष्म जानते हैं…जानते हैं कि कर्ण ही प्रथम कौन्तेय है…जानते हैं कि वह राधा और अधिरथ का पुत्र नहीं, स्वयं सूर्य का तेजस्वी पुत्र है… । समाज ने उसके साथ न्याय नहीं किया…हमने उसके साथ न्याय नहीं किया…कल बाणों की शय्या पर पड़े भीष्म ने कर्ण से कहा था…"कौन सूतपुत्र ? कौन क्षत्रिय ? यह सब असत्य विचार है…" लेकिन यह बात हमने पहले कभी क्यों नहीं की…उनने भी नहीं जो यह जानते थे कि कर्ण कौन्तेय है…जब हम किसी के कौशल से…किसी के ज्ञान से पराजित होने लगते हैं तो हमारा दंभ विजेता की जाति में खोट ढूँढ़ने लगता है… ।

कर्ण के साथ अन्याय किसने किया… ? क्या नियति ने ? इन्द्र ने अर्जुन के लिए पहले ही कवच और कुण्डल का दान ले

लिया····परशुराम ने उसे मर्मभेदी शाप दे दिया····तुझे ठीक युद्ध के अवसर पर ब्रह्मास्त्र स्फुरित नहीं होगा····महेन्द्र पर्वत पर एक ब्राह्मण ने कर्ण की जरा-सी भूल के लिए उसे शाप दे डाला····तेरे रथ के पहिये को भूमि भी युद्ध में इसी तरह गाड़ कर रखेगी···· ।

[युद्ध का तेज संगीत बजता है]

कृष्ण : *(स्वगत)* और आज वो दिन आ ही गया···· ।

[युद्ध का तेज संगीत। अनेक योद्धा एक-दूसरे से लड़ते हुए आते हैं। इनके पीछे एक ओर से अर्जुन का रथ लेकर कृष्ण और दूसरी ओर से कर्ण का रथ लेकर शल्य का प्रवेश। दोनों—कर्ण और अर्जुन—शंख फूँकते हैं। चक्कर लगाते हैं। योद्धा लड़ते हैं। अचानक कर्ण का पहिया धँस जाता है। शल्य रथ से सामान फेंकने और रथ को निकालने का अभिनय करता है। कर्ण स्वयं उतरता है और पहिया निकालने को झुकता है]

[कृष्ण अर्जुन के रथ को कर्ण के पास घुमाते हैं]

कृष्ण : *(कर्ण की ओर इशारा करके)* अर्जुन ! अर्धचन्द्राकृति आंजलिक बाण !

अर्जुन : वह निःशस्त्र है····पदस्थ है····मैं रथारूढ़ हूँ···· ।

कृष्ण : यह मेरा आदेश है !

[अर्जुन बाण चढ़ाता है]

कर्ण : *(अर्जुन से)* ठहरो अर्जुन ! मैं निःशस्त्र हूँ····पदस्थ हूँ····यह धर्म नहीं है····तुम वीर हो····क्षत्रिय हो···· ।

कृष्ण : धर्म ! राधेय, धर्म का अर्थ भी क्या तू जानता है ? सूतपुत्र ! कुरुओं के प्राचीन सभाग्रह में पांचाली को बारांगना कहते समय तेरा दिव्य धर्म कहाँ था ? पाँच पुत्रों के साथ कुन्ती देवी को नंगे पाँव वन जाते हुए देखते समय तेरा धर्म कहाँ था ? लाक्षागृह में पांडव जलकर राख हो गये····यह सुनते हुए तेरे धर्म ने कोई चीत्कार क्यों नहीं की ? जब वीर अभिमन्यु को तुम छह-छह

महारथियों ने मिलकर घेरा...उस समय तुम्हारा धर्म कहाँ था? हे सुतपुत्र, उस समय तुम्हें धर्म का स्मरण क्यों नहीं आया? अर्जुन, संधान करो.... !

[कर्ण कृष्ण की ओर देखकर मुस्कराता है। कृष्ण को हाथ जोड़कर प्रणाम करता है। अर्जुन बाण चलाता है। कर्ण गिरता है। कृष्ण अचानक रथ से कूदकर 'राधेय' कहकर दौड़कर कर्ण के पास आते हैं। दूसरी ओर से अश्वत्थामा दौड़कर आता है। कर्ण के नेत्र मुँदने लगते हैं। अश्वात्थामा अपने सिर पर बँधी पट्टी खोलकर कपाल पर लगी मणि दिखाता है। कर्ण अपना मुकुट उतारकर कृष्ण के चरणों में रखता है। इसी समय एक वृद्ध ब्राह्मण चिल्लाता हुआ आता है]

वृद्ध ब्राह्मण : अरे कोई दानवीर क्या इस धरती पर बचा है?

[सारे लोग अचानक उस ब्राह्मण की ओर देखते हैं]

कर्ण : *(काँपती आवाज में)* चित्रसेन...याचक को बुलाओ.... ।

[याचक को पास लाया जाता है]

कर्ण : बोलो...ब्रह्मवर्य...आज्ञा.... !

वृद्ध : *(दुखी मन से)* कुछ नहीं दानवीर कर्ण, कुछ नहीं...इस वृद्ध के पास अपने पुत्रों का अन्तिम संस्कार करने को भी कुछ नहीं है.... ।

कर्ण : चित्रसेन...पत्थर दो....*(चित्रसेन पत्थर देता है। कर्ण उस पत्थर से अपने सोने के दाँत तोड़कर हथेली पर निकालता है)* ये लें... ब्रह्मवर्य, मेरे पास इन दो सोने के दाँतों के अलावा और कुछ नहीं.... ।

[कर्ण मरता है। वृद्ध दाँत लेकर रोता है]

सारे लोग : जयतु जय दानवीर कर्ण! *(सूर्य स्तोत्र)*

॥ समाप्त ॥